Angelika B. Klein

# 2,8

# Tage

Autorin

Angelika B. Klein wurde 1969 geboren und lebt mit ihrem Ehemann sowie den beiden Kindern in München. Sie schreibt spannende Liebesromane für Jugendliche und Erwachsene sowie Thriller.



www.facebook.com/AngelikaB.Klein
instagram: AngelikaB.Klein

Seit dreißig Jahren versuche ich nachzuweisen,
dass es keine Kriminellen gibt,
sondern normale Menschen,
die kriminell werden.

*Zitat: Georges Simenon*

Bibliografische Informationen der Deutschen Nationalbibliothek:
Die Deutsche Nationalbibliothek verzeichnet diese Publikationen in der Deutschen Nationalbibliografie, detaillierte bibliografische Daten sind im Internet über http://dnb.dnb.de abrufbar.

# PROLOG

ZWEI JAHRE ZUVOR

Gutgelaunt tritt Anna durch die Tür des Gemeindezentrums hinaus in die laue Frühlingsnacht. Ihre blonde Mähne hat sie sich zu einem Pferdeschwanz gebunden, die kleine Sporttasche hängt über ihrer Schulter.

„Soll ich dich nach Hause fahren?", bietet Julia freundlich an.

„Danke, aber mein Mann holt mich ab", erwidert Anna lächelnd. Nachdem sie sich von ihrer langjährigen Freundin mit einer herzlichen Umarmung verabschiedet hat, schaut sie erwartungsvoll die verlassene Straße hinunter. *Wo bleibt er nur?* Anna weiß, dass ihr Ehemann äußerst zuverlässig ist, wenn es darum geht, sie spätabends in Obersüßbach abzuholen. Einmal in der Woche trifft sie sich dort mit Julia zum Yoga. Anfangs war er dagegen, dass Anna in den elf Kilometer entfernten Ort fährt, um dort eine Stunde lang *unnütze Verrenkungen* zu veranstalten. Seinem Argument, dass es auch in Attenhofen einen Yogakurs gäbe, hielt Anna entgegen, dass sie den abendlichen Kurs mit einem routinemäßigen Treffen mit Julia verbinde. Bereits am frühen Abend treffen sich die Freundinnen zum Essen und verbringen die anschließende Zeit bis zum Kurs bei Julia zu Hause, die am Rand von Obersüßbach wohnt.

Ungeduldig blickt Anna auf ihre Armbanduhr. Zwanzig Minuten nach zehn! *Vielleicht ist ihm etwas dazwischen gekommen?* Sie öffnet ihre kleine Sporttasche und sucht nach ihrem Handy. Schnell bemerkt sie, dass es sich nicht zwischen ihren verschwitzten Klamotten befindet. *Mist! Ich habe es zu Hause vergessen!* Von ihrer eigenen Vergesslichkeit genervt, streicht sie sich unbewusst zärtlich über den Bauch. Obwohl ihre Schwangerschaft noch nicht sichtbar ist, redet sie gelegentlich mit ihrem Kind. Sie weiß, dass es albern erscheint, mit einem vier Monate alten Fötus zu sprechen, aber sie fühlt sich oft sehr einsam, wenn ihr Mann, wie so häufig, länger in der Arbeit ist. Er ist Chemielaborant, weshalb er immer wieder an mehrtägigen Veranstaltungen teilnehmen muss. Gerade jetzt war er für zwei Tage in Hamburg, er wollte heute Abend zurückkommen. Sie erinnert sich an ihr letztes Telefonat:

„Anna, ich hole dich auf jeden Fall vom Yoga ab. Wir fahren jetzt gleich los und müssten gegen sechs Uhr abends zu Hause sein", versprach er liebevoll.

„Ich kann auch mit Julia fahren, wenn es dir zu stressig wird“, schlug Anna vor.

„Mach dir keine Sorgen! Bis zehn schaffe ich es auf jeden Fall!“

„In Ordnung! Ich freue mich auf dich“, flüsterte Anna sehnsüchtig.

„Ich freue mich auch – auf euch! Geht es dir gut?“, wollte er fürsorglich wissen.

„Bestens! Bis später, ich liebe dich!“

„Ich liebe dich auch“, antwortete er leise, bevor er auflegte.

Unschlüssig schaut Anna die Straße entlang. Soll sie noch warten? Vermutlich hat er ihr eine Nachricht hinterlassen, dass er es doch nicht rechtzeitig schafft. Hätte sie nur ihr Handy nicht liegen lassen! Jetzt hat sie die Wahl zwischen dem Bus, der um diese Zeit nur noch stündlich fährt und zudem einen Umweg über Mainburg macht, wodurch sie eine halbe Ewigkeit unterwegs wäre – oder dem Taxi, welches sie in angenehmen fünfzehn Minuten nach Hause bringen würde. Die Entscheidung fällt ihr leicht – Taxi! Entschlossen läuft sie die ruhige Straße entlang. Sie erkennt bereits die Lichter der Hauptstraße, welche erst einige hundert Meter weiter kreuzt. Nur dort hat sie die Chance ein Taxi zu erwischen. Mit zügigen Schritten lässt sie das Gemeindezentrum hinter sich. Auf der rechten Seite befinden sich eine Reihe Ulmen, dahinter ein leichter Abhang mit dichtem Gebüsch.

Leise hört sie das Rauschen des kleinen Baches, der sich hinter dem Geäst befindet. Als sie ihren Blick wieder nach vorne wendet, bemerkt sie weit entfernt eine Person, welche geradewegs auf sie zukommt. Augenblicklich verkrampft sich ihr Magen, die inneren Alarmglocken schrillen und ihr Kopfkino spielt ihr einen grausamen Streich. Vor ihrem inneren Auge spritzt Blut aus einer tiefen Halswunde, während eine entsetzliche Fratze sich über sie beugt. Allein ihrer Vernunft ist es zu verdanken, dass die Bilder ebenso schnell verschwinden, wie sie aufgetaucht sind. Mit einem genervten Lächeln schüttelt sie die beunruhigenden Gedanken ab, während sie sich der entgegenkommenden Person stetig nähert.

Plötzlich schlägt der Mann einen Haken und läuft ins dichte Gebüsch. Verwirrt beobachtet sie ihn, bis er im Dickicht verschwindet. *Vielleicht sollte ich besser die Straßenseite wechseln?*

Instinktiv überquert sie die schmale Straße, um einem Überraschungsangriff seitens des Unbekannten zu entgehen. Noch bevor sie die gegenüberliegende Seite erreicht hat, hört sie eine Stimme.

„Entschuldigung? Könnten Sie mir vielleicht kurz helfen? Hier liegt ein verletzter Hund!", ruft ihr der junge Mann zu. Abrupt bleibt sie stehen. Unschlüssig betrachtet sie den blonden Jüngling, der gerade mal Anfang zwanzig zu sein scheint. Hilfesuchend lächelt er sie an, während er auf das Gebüsch neben sich deutet.

„Ein Hund?", fragt sie ungläubig.

„Ja! Ich habe sein Wimmern gehört. Ich würde ihn gerne zum Tierarzt bringen, aber ich kann ihn nicht alleine tragen. Er ist sehr groß!", antwortet er zaghaft. Der Blonde kann nicht wissen, dass Anna einige Jahre beim Tierarzt gearbeitet hat. Erst vor zwei Jahren wechselte sie in den Beruf als Laborassistentin, wo sie dann ihren Mann kennenlernte. Schlagartig macht sich ihre Hilfsbereitschaft bemerkbar. Bei einem leidenden Tier kann sie nicht wegsehen. Besorgt geht sie auf den jungen Mann zu und bleibt abwartend vor ihm stehen.

„Wo ist er?", will sie aufgeregt wissen.

„Dort hinten im Gebüsch", antwortet der Unbekannte, während er in die entsprechende Richtung zeigt.

Konzentriert begibt sich Anna ins Gestrüpp, um dem verletzten Hund zu helfen.

Plötzlich spürt sie zwei kräftige Arme um ihren Körper. Eine kühle Hand presst sich auf ihren Mund, während sie von einem unsagbaren Gewicht nach unten gedrückt wird. In diesem Moment ist ihr klar, dass sie das Opfer eines Überfalls ist! Sie hätte auf ihr Bauchgefühl hören sollen!

Mit dem Rücken wird sie auf den harten Untergrund gedrückt. Während der junge Mann auf ihr sitzt, hält er ihr weiterhin den Mund zu. Mit seiner freien Hand zieht er ein Klappmesser aus seiner Jackentasche. Es schnappt auf und liegt im nächsten Moment mit der scharfen Klinge an ihrem Hals.

„Wenn du schreist, bring ich dich um!", flüstert er drohend.

Mit großen Augen starrt Anna ihn an. In diesem Moment kommt es ihr vollkommen absurd vor, dass ein anfangs so freundlicher Junge, mit so unschuldigen hellblauen Augen, ein Gewaltverbrecher sein soll. Langsam nickt sie, um ihm zu zeigen, dass sie seinen Worten Glauben schenkt. Vorsichtig zieht er seine Hand von ihrem Mund zurück.

Im nächsten Moment hat er ein Klebeband in der Hand und wickelt es um ihre überkreuzten Arme.

Ängstlich starrt sie ihn weiterhin an.

Mit einem kräftigen Ruck reißt er ihr die Leggins von den Beinen. Anschließend öffnet er seine Hose.

„Bitte nicht! Ich bin schwanger", bettelt sie weinerlich.

„Halt den Mund und starr mich nicht so an!", brüllt er verunsichert. Kurz entschlossen greift er zum Klebeband und zieht einen Streifen ab. Nachdem er ihre Augen sowie ihren Mund zugeklebt hat, beginnt er, seine Lust an ihr zu befriedigen.

Anna denkt während des gesamten Gewaltaktes nur an ihr Kind. Sie betet, dass sie beide die Sache gut überstehen und verhält sich außergewöhnlich ruhig. Sie wehrt sich nicht, möchte dem Vergewaltiger keinen Anlass zu einer unüberlegten Tat geben. Sie lässt es einfach über sich ergehen.

Nachdem er fertig ist, zieht er sich von ihr zurück. Plötzlich wird ihr bewusst, dass sie den Täter gesehen hat. Er trägt keine Maske! *Wie hoch ist die Chance, dass er dich laufen lässt?* Panik steigt in ihr auf. Sie beschließt, sich nun doch zu wehren, um die Möglichkeit zur Flucht zu ergreifen.

Nachdem der Blonde seine Hose wieder hochgezogen hat, greift er zu seinem Messer, um die Handfesseln der Frau zu lösen. Er hat beschlossen, sie laufen zu lassen. Falls sie wirklich schwanger ist, will er ihr nicht noch mehr Leid zufügen. Er ist kein böser Mensch! Er wollte nur endlich einmal eine Frau besitzen! Sie lieben, wie es im Volksmund heißt. Auch wenn die Art des Sexualaktes wenig mit Zuneigung und Liebe zu tun hatte.

Langsam beugt er sich über sie, will gerade mit der Klinge durch den Klebestreifen schneiden, als die Frau unter ihm plötzlich ihr Bein hebt und ihm direkt in seine empfindlichen Weichteile tritt. Reflexartig sackt er zusammen.

Sein kurzer Schrei wird von einem schmerzhaften Stöhnen abgelöst. Allerdings kommt dieses nicht aus seinem Mund, sondern von den Lippen der Frau.

Verwirrt rappelt er sich auf und blickt auf den Körper unter sich. Das Messer steckt bis zum Anschlag in ihrem Unterleib.

# Kapitel 1



Wütend wirft Noreen Richter das Telefon auf den Tisch. Sie kann einfach nicht glauben, wie dreist ihr Ex-Freund ist. Verzweifelt setzt sie sich aufs Sofa und starrt vor sich hin. Was soll sie jetzt machen? Spontan greift sie erneut zum Telefon. Nach zwei kurzen Klingeltönen meldet sich die Angerufene.

„Hallo?"

„Lara! Ich muss unbedingt mit dir reden! Hast du Zeit?", ruft Noreen unverblümt in den Apparat.

„Klar! Um was geht es denn?", fragt ihre Schwester umgehend.

„Können wir das vielleicht persönlich besprechen? Ich brauche einen Ratschlag von dir. Es geht um Felix."

„Oh! Ja, klar! Wenn mein lieber Ehemann es heute einmal pünktlich nach Hause schafft, dann könnten wir uns in einer Stunde in der Kneipe unten treffen, wenn du willst", schlägt Lara vor.

„Meinst du das kleine Loch direkt an der Ecke?", hakt Noreen ungläubig nach.

„Wenn du in Ruhe mit mir reden willst, ist das der beste Ort! Du kannst natürlich auch zu uns nach Hause kommen …“

„Nein! Schon gut! Ich fahre gleich los, bis später!“, unterbricht Noreen sie. Ihr ist bewusst, dass sie in Anwesenheit von Laras Kindern kein intensives Gespräch mit ihrer Schwester führen könnte.

Einige Minuten später ist sie bereits auf dem Weg zur S-Bahn, die sie nach München bringt.

Kurz bevor sie den vereinbarten Treffpunkt in Schwabing erreicht, klingelt ihr Handy. Bereits auf dem Display erkennt sie, wer der Anrufer ist.

„Lara! Sag jetzt nicht, du kannst nicht kommen!“, begrüßt sie ihre Schwester vorwurfsvoll.

„Es tut mir leid, Nori! Aber Mila ist krank geworden und …“

„Kann nicht Dennis auf sie aufpassen?“, ruft sie gekränkt in den Hörer.

„Doch, könnte er. Aber Mila möchte, dass ich hierbleibe!“, erklärt Lara bedauernd.

Genervt verdreht Noreen die Augen. Sie liebt ihre Nichte und ihren Neffen, aber manchmal nervt es sie, dass ihre große Schwester sich von der Vierjährigen und dem Zweijährigen derart beschlagnahmen lässt, dass sie kaum noch Zeit für ein eigenes Leben hat.

„Na gut! Dann komm ich eben zu dir rauf!“, schlägt sie Lara vor.

„Keine gute Idee, Nori! Mila hat vermutlich die Windpocken.“

„Ernsthaft? Du weißt, dass ich die Windpocken als Kind nicht hatte“, erklärt Noreen aufgebracht.

„Können wir das Gespräch nicht einfach verschieben? Oder du erzählst es mir doch am Telefon?“, schlägt Lara beschwichtigend vor.

„Ja, klar! Ich ruf dich morgen an. Schlaf gut!“, beendet Noreen das kurze Gespräch.

*Na super! Jetzt steh ich vor einer Kneipe, mitten in Schwabing, allein mit meinen Sorgen!*

Spontan entscheidet sie sich dafür, ihren Kummer hinunterzuspülen. *Die Lösung meines Problems muss eben bis morgen warten. Heute betäube ich meine Verzweiflung mit Alkohol!*

Entschlossen öffnet sie die schwere Holztür des Lokals und setzt sich an einen kleinen Tisch in der Ecke.

# Kapitel 2

Rick Silver streckt sich in seinem Schreibtischstuhl und reibt sich müde über das Gesicht. Der neue Fall macht ihm zu schaffen. Vor zwei Tagen hat Florian Bauer seine Frau als vermisst gemeldet. Allerdings kann er nicht genau sagen, seit wann sie wirklich verschwunden ist, da er eine Woche lang auf Montage war und erst vor Kurzem zurückgekehrt ist.

„Haben Sie während Ihrer Abwesenheit mit Ihrer Frau telefoniert oder Nachrichten von ihr erhalten?“, wollte Rick verwundert wissen.

„Nein! Wir hatten Streit, bevor ich losgefahren bin. Ich dachte, sie sei noch sauer … deshalb habe ich mich auch nicht bei ihr gemeldet. Und jetzt … sie ist einfach verschwunden …“, jammerte der Ehemann.

„Kann es sein, dass Ihre Frau Sie verlassen hat? Ich meine …“, setzte Rick an.

„Nein! Auf keinen Fall! Sie ist schwanger und wir freuen uns auf das Kind. Wir hatten öfters Streit, haben uns aber immer wieder vertragen. Außerdem hat sie keine Sachen mitgenommen, nicht einmal ihren Ausweis oder das Handy“, erklärte Florian verzweifelt.

„Gibt es irgendwelche Anzeichen, dass Ihre Frau entführt wurde? Ein Erpresserbrief, ein Anruf oder irgendwelche Feinde?", hakte Rick nach.

„Nein, nichts dergleichen!"

Rick muss davon ausgehen, dass die Frau möglicherweise schon vor einer Woche verschwunden ist. Das macht für die Fahndung keinen großen Unterschied. Allerdings, sollte es sich um ein Gewaltverbrechen handeln, sinkt mit jedem Tag die Überlebenschance des Opfers.

Er hasst solche Fälle, in denen es keinen Anhaltspunkt gibt. Freundschaftlich richtet sich Rick an seinen Kollegen. „Tim, wie sieht es aus? Hast du Lust, dass wir bei Pepe ein Bier trinken gehen? Ich muss einfach abschalten."

„Sorry, Rick, aber ich muss mich dringend mal wieder um Marie kümmern. Wir haben uns in letzter Zeit nicht gerade oft gesehen", antwortet Tim bedauernd.

Resignierend hebt Rick seine Arme. „Schon gut! Deine Beziehung geht natürlich vor."

Entschlossen steht er auf, schnappt sich seine Jacke und steuert auf die Tür zu. „Genieß dein Wochenende", ruft er seinem jüngeren Kollegen noch zu, bevor er das Büro verlässt.

Eine halbe Stunde später betritt er sein Stammlokal. Eine kleine Bar in Schwabing, die zwar nur fünf

Tische besitzt, dafür aber einen gutgelaunten Besitzer, der ein offenes Ohr für alle Arten von Problemen hat, die er stets diskret behandelt.

„Hallo Pepe!", begrüßt Rick den kräftigen, großen Mann hinter dem Tresen.

„Hey, Rick!", antwortet der Barkeeper mit einem breiten Grinsen. Ungefragt stellt er seinem Gast ein frisches, kühles Bier vor die Nase.

Nachdem Rick einen kräftigen Schluck zu sich genommen hat, lässt er seinen Blick neugierig über das Lokal schweifen. In der einen Ecke sitzen vier ältere Männer, die Karten spielen. Neben der Tür hat sich ein junges Pärchen niedergelassen, welches sich verliebt in die Augen schaut. An einem kleinen Tisch im hintersten Eck der Kneipe erkennt er eine junge Frau. Während sie ihren Kopf geneigt hält, hängen ihr die langen, braunen Haare ins Gesicht. Desinteressiert dreht er sich zurück zu dem Gastwirt.

„Wie geht's dir, Pepe? Alles in Ordnung? Kann ich etwas für dich tun?", will er von seinem Gegenüber wissen.

Dieser schaut ihn verwundert an. „Danke, mir geht's gut. Aber wenn du das Bedürfnis hast, heute noch eine gute Tat zu vollbringen, solltest du dich vielleicht um die junge Frau in der Ecke dort drüben kümmern", entgegnet Pepe mit einem Kopfnicken in Richtung des kleinen Tisches. Neugierig blickt Rick zu der brünetten Frau.

„Warum glaubst du, dass sie ein Problem hat?“, will er zweifelnd wissen.

„Weil sie seit einer Stunde allein am Tisch sitzt und sich betrinkt!“

„Und was ist schlimm daran? Vielleicht ist sie gerne alleine?“, bemerkt Rick unsicher.

„Glaub mir Rick, ich erkenne es, wenn jemand ein Problem hat! Sie hat bereits drei Tequila hinuntergekippt!“

„Vielleicht lässt sie einfach ihren Feierabend ausklingen, wie ich?“

„Mit einem Glas Wasser und drei Tequila? Sie hat übrigens noch einen bestellt, aber ich lasse mir Zeit, ihn ihr zu bringen.“

„Was bist du für ein Barkeeper, wenn du erkennst, dass ein Gast Probleme hat und ihn nicht darauf ansprichst?“, wirft Rick ihm vor.

„Sehr lustig, Rick! Ich habe sie angesprochen, aber sie will nicht mit mir darüber reden. Das hat sie ausdrücklich betont!“, rechtfertigt sich Pepe.

„Und du erwartest von mir, dass ich als fremder Gast sie anquatsche? Das will sie sicher nicht!“

„Du bist Bulle! Du darfst jeden anquatschen!“

„Jetzt nicht! Ich bin privat hier“, entgegnet Rick mit aufgesetztem Grinsen.

„Sie will reden! Das sehe ich ihr an! Bring ihr den nächsten Tequila und du wirst sehen, ihre Probleme sprudeln von ganz alleine aus ihr heraus!“, schlägt Pepe vor. Unschlüssig bleibt Rick sitzen und starrt auf den Tresen. Pepe schiebt ihm das kleine Glas mit der hellen Flüssigkeit zu. „Na los, bring ihr wenigstens das Getränk!", ermutigt er seinen Stammgast.

Langsam rutscht Rick von seinem Barhocker, greift nach dem Tequila sowie seinem Bier und geht auf den einsamen Gast zu. Vor dem Tisch bleibt er stehen, wartet auf eine Reaktion der jungen Frau. Nachdem diese ausbleibt, macht er sich bemerkbar.

„Hallo! Mein Name ist Rick! Darf ich mich zu Ihnen setzen?", beginnt er freundlich.

Zögernd schaut die junge Frau auf. Ihre Augen sind gerötet, es ist offensichtlich, dass sie geweint hat.

„Warum? Es gibt doch genug freie Tische hier", antwortet sie spitz.

„Schon, aber keinen mit einem so traurigen Gast wie Ihnen, der schon drei Tequila vernichtet hat."

Ihr böser Blick trifft den Gastwirt, der sich eilig wegdreht. Abschätzend schaut sie Rick in die Augen, anschließend auf das Glas in seiner Hand. „Ist das meine Bestellung?"

„Ja! Ich mache Ihnen einen Vorschlag: Sie bekommen den Tequila, wenn ich mich zu Ihnen setzen darf", sagt Rick vorsichtig.

„Ich habe das Gefühl, dass Sie so oder so nicht aufgeben werden. Also, von mir aus, setzen Sie sich!", äußert sie genervt.

Rick lässt sich auf dem freien Stuhl nieder und schiebt seiner Tischnachbarin das Getränk zu. „Was sind das für Sorgen, die Sie unbedingt ertränken müssen?“, setzt er behutsam an.

„Sind Sie Psychiater? Oder warum haben Sie das Bedürfnis, wildfremden Leuten ihre Probleme aus der Nase zu ziehen?“, faucht sie ihn umgehend an.

„Ich bin Polizist. Und ich will Ihnen überhaupt nichts aus der Nase ziehen“, antwortet er gekränkt.

„Ach! Wollen Sie jetzt behaupten, es war die Idee des Barkeepers, mich anzuquatschen?“, fragt sie gereizt.

„Eigentlich, ja!“

Überrascht von seiner Antwort schaut sie auf. Ihr Blick wandert von seinen blauen Augen über seine kurzen, braunen Haare bis zu seinem muskulösen Oberkörper.

„Verraten Sie mir, wie Sie heißen?“, reißt er sie aus ihren Beobachtungen.

„Nachdem ich Ihren Namen ja schon weiß, entspricht es wohl der Höflichkeit, dass ich Ihnen auch meinen verrate. Ich heiße Noreen!“

# Kapitel 3

Die Unterhaltung beginnt nur schleppend. Anfangs redet nur Rick. Er erzählt von seiner Arbeit, von kuriosen Prozessen und von seinem aktuellen Fall, den er glaubt nicht lösen zu können. Mit der Zeit vergisst auch Noreen ihre anfängliche Abneigung gegen das aufgezwungene Gespräch. Sie erzählt von ihrem Ex-Freund Felix.

„Er ist so ein Idiot! Wir sind seit einem halben Jahr getrennt und jetzt fällt ihm ein, dass er die gemeinsame Eigentumswohnung nicht mehr mit abbezahlen will. Blöderweise lebe ich in dieser Wohnung, also soll ich den Kreditvertrag auf mich alleine überschreiben und ihn auszahlen!“, erklärt sie mit leicht angeschlagener Stimme.

„Was kann er schon machen, wenn Sie nicht bezahlen?“, hakt Rick nach.

„Er kann mich aus der Wohnung werfen! Und einen gerichtlichen Titel gegen mich erwirken, mit welchem er mein Gehalt pfändet!“, stößt sie unwirsch aus.

„So einfach geht das nicht! Lassen Sie sich nicht unter Druck setzen! Bevor es soweit kommt, muss er viele kleine Schritte gehen und das dauert seine Zeit!", erklärt er beruhigend.

„Und was soll ich jetzt machen? Einfach abwarten?", bringt sie mühsam hervor. „Das kann ich nicht! Ich bin nicht der Typ, der alles auf sich zukommen lässt. Ich will die Sachen ordentlich geregelt haben. Könnten Sie das? In der Ungewissheit leben, nicht zu wissen, was morgen kommt?"

„Eigentlich schon! Genau das macht doch das Leben aus: Jeder Tag ist neu und bringt ungeahnte Ereignisse. Auch wenn ich genau plane, wie ich meinen Tag morgen verbringe, kann trotzdem etwas eintreten, was ich nicht vorhergesehen habe. Wussten Sie heute Morgen schon, dass Sie am Abend mit einem fremden Mann in einer Kneipe sitzen und über ihre Probleme reden?", sinniert er lächelnd.

Ihre Blicke treffen sich. Keiner sagt ein Wort. In diesem Moment spüren beide die Anziehungskraft, die zwischen ihnen herrscht.

„Ich sollte jetzt besser gehen", flüstert Noreen entschieden.

Sofort springt Rick von seinem Stuhl auf, geht zur Theke und wirft Pepe einen Schein auf den Tresen. Anschließend schnappt er sich seine Jacke und wartet an der Tür auf Noreen.

Mit leicht schwankendem Gang steuert sie auf Rick zu. „Wollen Sie auch schon gehen?"

„Ich bringe Sie nach Hause! Das erscheint mir sicherer, in Ihrem Zustand!", erklärt er ruhig, umfasst ihren Ellenbogen und schiebt sie zur Tür hinaus.

„Ich komme schon allein nach Hause. Ich nehme die S-Bahn", erklärt sie unwirsch, während sie versucht, sich aus seinem Griff zu befreien.

„Mit der S-Bahn? Wo wohnen Sie denn?", fragt er erstaunt.

„In Freising!"

„Dann fahre ich Sie auf jeden Fall nach Hause! Um diese Zeit und in Ihrem Zustand lasse ich Sie nicht mehr allein mit der S-Bahn fahren", bestimmt er.

„Dann fahre ich eben mit dem Taxi", entgegnet sie trotzig.

Rick führt sie die Straße entlang bis zu seinem schwarzen BMW. Er öffnet die Beifahrertür und deutet auf den dunklen Ledersitz.

„Ich wollte doch …", begehrt sie kurz auf.

„Heute ist das Ihr Taxi. Schwarz und kostenlos", unterbricht er sie mit einem schelmischen Lächeln.

Gerührt von seiner besorgten Unnachgiebigkeit, lässt Noreen sich in den bequemen Sitz fallen. *Hat meine Mutter mir nicht beigebracht, man soll nicht zu Fremden ins Auto steigen?* Ob es von der Aufregung, etwas Unvernünftiges zu tun oder vom Alkohol kommt, kann sie nicht sagen, aber das Gefühl von etlichen Schmetterlingen im Bauch lässt sie schmunzeln.

24

Während der halbstündigen Fahrt herrscht Stille. Beide spüren die Spannung, die sich in der Enge des Fahrzeugs ausbreitet.

Schließlich hält das Auto vor einem zweistöckigen Mehrfamilienhaus. Noreen dreht sich unsicher zu Rick. „Vielen Dank für den Abend. Es hat gutgetan, mit jemandem zu reden."

„Gute Nacht! Und nehmen Sie sich das mit Ihrem Ex-Freund nicht so zu Herzen!", sagt er lächelnd.

Mit gemischten Gefühlen steigt Noreen aus. Soll sie ihn noch hinaufbitten? Oder wäre das unangebracht? Wenn sie jetzt geht, sieht sie ihn wahrscheinlich nie wieder. *Will ich ihn überhaupt wieder sehen?*

Langsam geht sie auf die Haustüre zu. Sie spürt Ricks Blicke in ihrem Rücken. Plötzlich, möglicherweise aus Unachtsamkeit, stolpert sie über die erste Stufe und kann sich nur mit Mühe vor einem Sturz bewahren.

Schlagartig steht Rick neben ihr. Er greift nach ihrem Ellbogen und führt sie die Treppe hinauf. „Vielleicht sollte ich Sie doch lieber bis in Ihre Wohnung bringen. Ich möchte nicht schuld sein, wenn Ihnen auf dem Weg ins Schlafzimmer noch etwas passiert".

*Ins Schlafzimmer?*

Sprachlos lässt sie sich in den ersten Stock bis vor ihre Wohnungstüre begleiten. Mit zittrigen Händen schließt sie die Türe auf.

„Vielen Dank, den Rest schaffe ich sicher alleine", sagt sie unsicher. Im nächsten Moment zieht Rick sie an sich und küsst sie. Gemeinsam stolpern sie ins Wohnzimmer. Ein quietschendes Geräusch lässt sie auseinanderfahren.

„Cornelius!", schreit Noreen aufgebracht.

„Gibt es da einen Mitbewohner, von dem ich wissen sollte?", fragt Rick erstaunt. In diesem Moment trottet der schwarze Kater an ihnen vorbei, hüpft auf das Sofa und rollt sich zusammen.

„Nur meine Katze, sonst niemand", flüstert Noreen an seinen Lippen und legt ihre Arme um seinen Hals. Leidenschaftlich küssend zieht sie ihn mit ins Schlafzimmer, wo beide für einige Stunden die Probleme des Alltags vergessen.

# Kapitel 4



Die achtjährige Noreen spielt mit ihrer zwei Jahre älteren Schwester Lara im Garten des elterlichen Anwesens. Ihre Barbiepuppen sowie die passenden Kleidungsstücke liegen verstreut vor ihnen auf der Decke.

Deutlich hören sie die Stimme ihrer Mutter. „Lara! Komm bitte endlich rein! Du musst noch Hausaufgaben machen!"

Genervt steht die Ältere auf. „Ich mach ganz schnell, Nori. Zieh du schon mal die Ballkleider an, damit sie dann mit Ken tanzen können."

Noreen nickt und macht sich begeistert an die Arbeit. Während sie angestrengt versucht, die schmalen Ärmel eines rosa Tüllkleides über die sperrigen Puppenarme zu ziehen, löst sich das Bild vor ihren Augen plötzlich in ein helles Licht auf. Sie sieht alles weiß, bis sich Stück für Stück die Fläche lichtet und wie einzelne Wolkenfetzen auflöst.

Sie erkennt ihre Oma, die im Schaukelstuhl vor dem Kamin sitzt und einen grünen Schal strickt.

Langsam wippt der Stuhl vor und zurück. Die alte Frau bewegt ihre Lippen und bewegt ihren Kopf rhythmisch hin und her. Offensichtlich singt sie ein Lied, welches Noreen jedoch nicht hören kann. Sie sieht nur die Bilder, hört jedoch keinerlei Geräusche. Es ist eine beruhigende Szene. Noreen kennt ihre Oma als liebevolle Frau, die gerne und viel strickt. Oftmals legt sie dazu eine alte Schallplatte auf, um mit ihrer rauen, aber noch immer wohlklingenden Stimme, zu den Liedern von Elvis zu singen.

Plötzlich reißt ihre Oma die Augen auf, greift sich an die Brust und sackt im nächsten Moment in sich zusammen. Der grüne Wollknäuel fällt zu Boden und rollt über das dunkle Parkett. Schlaff fällt Omas linke Hand von der Stuhllehne, der Kopf sinkt auf ihre Brust.

Panik ergreift Noreen. Sie atmet schneller, möchte schreien, bringt aber keinen Ton heraus. Im nächsten Moment erscheint wieder das grelle, weiße Licht vor ihren Augen, welches sich langsam in Wolken auflöst. Sie blickt auf die blonde Barbie mit dem rosa Kleid in ihren Händen.

Atemlos schaut sie sich um. Die Tränen bahnen sich einen Weg nach draußen. Mit einem Mal begreift sie das Erlebte. Ängstlich springt sie auf und stürmt in die Küche.

„Mama!", schreit sie mit tränennassem Gesicht. „Mama! Oma Berta ist tot! Sie ist beim Stricken gestorben", bringt sie mit erstrickter Stimme hervor.

„Was?", ruft ihre Mutter. „Was erzählst du da, Noreen? Wer sagt denn so was?"

„Ich habe es gesehen. Vor meinen eigenen Augen. Sie ist tot!", schluchzt Noreen in den Armen ihrer Mutter.

Antonia Richter nimmt ihre Kinder sowie deren Aussagen stets ernst. Sie kennt die beiden gut genug, um zu wissen, dass sie, wenn es um solche Themen geht, nicht lügen. Daher versucht sie ihre kleine Tochter umgehend zu beruhigen.

„Ich rufe Oma Berta an, dann kannst du mit ihr sprechen. In Ordnung? Dann siehst du, dass es nur ein Traum war", sagt sie liebevoll. Sie wählt eine Nummer am Hausapparat und spricht kurz darauf in den Hörer. „Hallo Berta! Geht es dir gut? Noreen hatte einen Traum, dass du stirbst …. ja, sie ist ziemlich aufgewühlt. Kannst du sie etwas beruhigen?"

Antonia reicht den Hörer an ihre jüngere Tochter weiter.

„Oma?", fragt Noreen zaghaft.

„Hallo Süße! Mir geht es gut! Mach dir keine Sorgen! So schlimme Träume hatten wir alle schon einmal. Die darfst du nicht ernst nehmen", beruhigt sie ihre Enkeltochter.

„Aber es war so echt. Du hast an einem grünen Schal gestrickt und dann … dann …“, schluchzt Noreen.

„Da kann ich dich beruhigen. Ich habe überhaupt keine grüne Wolle hier. Außerdem ist jetzt Sommer, da stricke ich doch nicht an einem Schal!“, ergänzt sie nachdrücklich.

Nach einigen weiteren Worten kann sie Noreen soweit beruhigen, dass diese das Erlebte für einen bösen Scherz ihrer Fantasie hält. Wenig später geht Noreen mit ihrer Schwester zurück in den Garten und ist recht schnell wieder in ihr Spiel vertieft.

Was Noreen damals noch nicht wusste: Sie hatte ihre erste Vision!

Drei Monate später bekommt Oma Berta von einer Nachbarin vier Knäuel grüne Wolle überreicht, mit der Bitte, für deren Enkelsohn, der in Norwegen wohnt, einen Schal zu stricken. An Noreens Traum erinnert sich Berta dabei nicht mehr.

Eine weitere Woche später stirbt Berta Richter an einem Herzinfarkt, während sie in ihrem Schaukelstuhl an einem grünen Schal strickt.

# Kapitel 5

HEUTE

Mit brummendem Schädel wacht Noreen auf. Als sie zum Fenster sieht, sticht ihr die Helligkeit der Sonne in die Netzhaut. Schmerzverzerrt schließt sie ihre Augen und fasst sich an den Kopf. *Oh mein Gott! Warum habe ich nur so viel getrunken?* Vorsichtig tastet sie die Bettseite neben sich ab. Ihre Hand greift ins Leere. Erstaunt öffnet sie die Augen, um erneut festzustellen, dass das Bett neben ihr verlassen ist. Angestrengt lauscht sie den Geräuschen in der Wohnung. *Ist Rick vielleicht im Bad?* Nein … kein Laut ist zu hören.

Sie dreht sich auf den Rücken und starrt an die Decke. Das hätte sie nicht von ihm erwartet! Dass er nach dieser Nacht so einfach verschwindet. Sie hatte gestern gespürt, dass eine Anziehungskraft zwischen ihnen herrschte, die sie nur selten bei anderen Männern wahrgenommen hat. Gerne hätte sie ihn näher kennengelernt, um herauszufinden, auf welcher Ebene ihre Freundschaft bestehen könnte.

Vorsichtig krabbelt sie aus dem Bett, um ins Wohnzimmer zu gehen. *Vielleicht musste er weg? Dann hat er mir sicher eine Nachricht hinterlassen!*

Noreen sucht auf dem Wohnzimmertisch sowie auf der Küchenzeile nach einem Hinweis für sein überstürztes Verschwinden. Nichts! Sie hat ihn völlig falsch eingeschätzt. Er war offensichtlich nur an einem One-Night-Stand interessiert, was von ihrer Seite aus nie die Absicht war. *Was soll's? Ein weiterer Kerl, der dich nur benutzt hat!*

Wenig später sitzt sie auf dem Sofa und ruft ihre Schwester an. Sie unterhalten sich eine Stunde lang über Felix' Forderung. Als sie auflegt, sind ihre Gedanken derart mit der aktuellen Problematik befasst, dass ihr die einmalige Nacht mit Rick vorerst keine Sorgen mehr bereitet.

## Kapitel 6

Seit dem Mord an Silke Bauer sind sechs Wochen vergangen. Rick und sein Kollege sind dem Mörder seither keinen Schritt nähergekommen. Sie haben einfach keinen Anhaltspunkt, aus welchem Umfeld der Täter kommt. Die Leiche der Vermissten wurde am Morgen nach seiner Begegnung mit Noreen gefunden. Wie könnte er das vergessen!

***

Frühmorgens klingelte sein Handy. „Silver", meldete er sich mürrisch, ohne zuvor auf den Anrufer zu achten.

„Hey, das Wochenende ist vorbei! Schlüpf in deine Klamotten, ich hol dich in zehn Minuten ab", erklärte Tim gelassen.

„Was ist passiert?", wollte Rick wissen.

„Man hat die Leiche von Silke Bauer gefunden. Sie wurde ans Ufer der Isar gespült. Ich bin gleich bei dir, dann erzähl ich dir weitere Einzelheiten", erklärte Tim kurz.

„Tim! Ich bin nicht zu Hause", flüsterte Rick in den Hörer. „Wo genau hat man sie gefunden? Ich komme direkt hin!"

Nachdem Tim seinem Kollegen den Fundort genannt hat, stand Rick zügig auf. Mit einem wehmütigen Blick betrachtete er die schlafende Noreen, dann wandte er sich ab und verließ das Zimmer.

An der Isar, nördlich des chinesischen Turms, traf er auf Tim, der sich bereits mit dem anwesenden Gerichtsmediziner unterhielt. Rick konnte einen letzten Blick auf Silke Bauer werfen, bevor der Leichensack geschlossen wurde.

„Wann wurde sie ermordet?", wandte er sich an den Arzt.

„Schwer zu sagen, aber sie lag schon einige Zeit im Wasser. Ich würde auf zwei Tage tippen, genaueres nach der Obduktion, wie immer", antwortete der Mediziner sachlich.

„Ursache für den Tod?", hakte Rick nach.

„Herr Silver, Sie wissen genau, dass ich erst nach der Obduktion genau sagen kann, ob sie ertrunken ist oder nicht. Also warum löchern Sie mich mit Ihren unnötigen Fragen?", äußerte der Fachmann gereizt.

„Unnötige Fragen? Das ist eine entscheidende Frage! Außerdem glaube ich, dass Sie an der Art der Verletzung am Bauch sehr wohl erahnen können, woran sie gestorben ist", gab Rick aufgebracht von sich.

„Erahnen kann ich einiges. Aber Sie als Kommissar sollten sich an die Fakten halten und keine Spekulationen aufstellen! Wie gesagt, Sie bekommen die Ergebnisse nach der Obduktion.“

„Wenn Sie wüssten, wie viele Fälle allein deshalb gelöst wurden, weil der zuständige Kommissar spekuliert hat und seinem Bauchgefühl gefolgt ist!“, rief er dem sich entfernenden Mediziner nach.

„Idiot!“, sagte Rick leise zu sich selbst.

„Meinst du dich oder ihn?“, wollte Tim belustigt wissen.

„Ihn natürlich! Er kann mir doch sagen, was er vermutet. Er macht seinen Job schließlich auch schon ein paar Jahre.“

„Auf einen Tag mehr oder weniger kommt es auch nicht an. Reg dich ab!“, versuchte Tim ihn zu beruhigen.

***

Seit einem Tag liegt eine neue Vermisstenanzeige auf ihrem Tisch.

Caroline Gross, 38 Jahre, schwanger.

„Rick! Das kann doch kein Zufall sein, dass beide Frauen schwanger waren!“, äußert Tim seine Bedenken. „Da muss ein Zusammenhang zu Silke Bauer bestehen!“

„Ich weiß nicht. Haben sie denn sonst noch was gemeinsam?“, will Rick wissen.

„Eigentlich nicht. Silke Bauer wohnte in Neuperlach, war 24 Jahre alt und arbeitslos. Caroline Gross wohnt in Grünwald, der Ehemann ist Bankkaufmann und sie haben einen zweijährigen Sohn.“

„Außer, dass beide Frauen schwanger waren, beziehungsweise sind, gibt es wohl keine Gemeinsamkeiten“, weist Rick seinen Partner hin.

„Aber falls es kein Zufall sein sollte, dass beide Frauen zum Zeitpunkt der Entführung schwanger waren, handelt es sich vielleicht doch um den gleichen Täter!“, gibt Tim zu bedenken.

„Ich weiß, aber …“, setzt Rick an.

Plötzlich klingelt das Telefon. „Silver, Kommissariat 12.“

„Hier spricht Marcel Gross. Sie und Ihr Kollege waren gestern bei mir, wegen meiner Frau!“, stammelt der aufgeregte Gesprächspartner.

„Ja, richtig! Ist Ihnen noch etwas eingefallen, Herr Gross?“, fragt Rick geschäftsmäßig.

„Vielleicht sollten Sie sich das besser ansehen. Ich habe einen Brief bekommen … der … nicht gerade beruhigend ist.“

„Einen Erpresserbrief?“, hakt Rick nach.

„Ich weiß es nicht, es wird kein Geld gefordert, sondern …“, bricht Marcel ängstlich ab.

„In Ordnung! Wir kommen gleich vorbei!“, antwortet Rick schnell und legt anschließend auf.

Kurze Zeit später erscheinen sie in dem geräumigen Anwesen in Grünwald. Herr Gross öffnet ihnen mit geröteten Augen die Tür.

Im Wohnzimmer überreicht er Rick den geöffneten Brief. Rick zieht zwei Latexhandschuhe aus seiner Tasche und streift sie sich über, bevor er nach dem Blatt Papier greift.

„Verdammt!", platzt es aus ihm heraus, nachdem er die wenigen Zeilen gelesen hat. Er legt den Zettel auf den Tisch, damit auch Tim den Text überfliegen kann.

Ruf deine Frau,
und stelle fest, sie ist weg. Es ist dein
persönliches Versagen und dein
privater Verlust. Die
rastlose Suche nach ihr
endet in 2,8 Tagen. Panik und
Chaos entstehen in deinem Kopf.
Hast du sie rechtzeitig gefunden, entgeht sie dem
Tod.

- Streng dich an! -

„Was bedeutet das? Ist das ein Verrückter? Was will er von uns?", ruft Marcel verzweifelt aus.

„Jedenfalls ist es kein gewöhnlicher Erpresserbrief. Er will kein Geld – er will Anerkennung!", erklärt Rick ernst. „Was mir die meisten Sorgen macht, ist die Zeitangabe: 2,8 Tage!"

„Soll das heißen, dass er sie dann umbringt?“, wispert Marcel ungläubig.

„Das soll heißen, dass wir nur ein paar Tage Zeit haben, Ihre Frau zu finden. Wie haben Sie den Brief erhalten, Herr Gross?“, fragt Rick.

„Ein Junge hat heute Morgen an der Tür geklingelt und mir den Brief übergeben.“

„Hat er etwas gesagt oder gefragt?“, will Tim wissen.

„Er hat gefragt, ob ich Herr Gross sei und mir dann den Umschlag in die Hand gedrückt".“

„Welchen Umschlag?“, hakt Rick nach.

Marcel holt das Kuvert aus der Küche und überreicht es dem Kommissar. Auf der Vorderseite steht in Druckbuchstaben *MARCEL GROSS*. Darunter sind drei kleine Aufkleber, wie Kinder sie gerne benutzen, um Briefe zu verzieren. Zweimal sind Blumen abgebildet, einmal ein Schmetterling.

Tim holt einen Beutel aus seiner Tasche, worin er den Umschlag sowie den Brief verstaut.

„Wenn Sie noch etwas erfahren oder der Entführer mit Ihnen Kontakt aufnimmt, melden Sie sich bitte umgehend bei uns“, rät Rick dem verstörten Ehemann.

„Ja … ja natürlich!“

Zurück im Kommissariat rätseln Rick und Tim über den ominösen Brief.

„Was will der Entführer damit erreichen? Er will offensichtlich, dass wir die Frau finden", spricht Tim laut aus.

„Nein! Er will, dass der Ehemann seine Frau findet. Das ist der Ausgangspunkt! Aber die entscheidende Frage ist: Warum?", wendet Rick ein.

„Er ist ein Psychopath", schlägt Tim vor.

„Ja! Mit Sicherheit denkt er nicht normal! Aber was bringt es ihm, wenn der Mann seine Frau rechtzeitig findet?", wirft Rick in den Raum.

„Vielleicht rechnet er ja fest damit, dass die Frau nicht gefunden wird? Vielleicht gibt ihm das den gewissen Kick, sie dann zu ermorden?"

„Möglich. Dann haben wir genau 2,8 Tage Zeit, sie zu finden!", bemerkt Rick.

„Also zwei Tage und acht Stunden?"

„Falsch! Zwei Tage und neunzehn Stunden!", berichtigt Rick.

„Dann können wir nur hoffen, dass der Entführer auch so rechnet", ergänzt Tim leise.

Die Ballistiker haben zwar neben Marcels, auch noch andere Fingerabdrücke gefunden, allerdings gehen Rick und Tim davon aus, dass es sich um die des Jungen handelt, der den Brief übergeben hat. Eine Suche in der Datenbank brachte kein Ergebnis.

# Kapitel 7

Um ein Uhr mittags läutet die Schulglocke. Noreen richtet sich ein letztes Mal an ihre Schüler, die Klasse 3 a der Grundschule in Freising.

„Gebt bitte noch eure Aufsätze ab und dann verschwindet in die Ferien. Ich wünsche euch eine schöne Zeit! Wir sehen uns in zwei Wochen wieder", ruft sie freundlich gegen den aufkeimenden Lärm an.

Schnell leert sich das Klassenzimmer, während Noreen die Hefte sowie ihre Unterrichtsmappe einsteckt. Auf dem Weg ins Lehrerzimmer trifft sie auf eine ihrer Kolleginnen.

„Hallo Antje! Hast du dich schon entschieden, ob du mit deinem Freund nach Dubai fliegst?", fragt Noreen höflich. Die junge Kollegin strahlt über das ganze Gesicht und schwärmt die nächste halbe Stunde über die geplante Reise. Die beiden Frauen kommen von einem Thema zum nächsten, bis Antje schließlich auf die Uhr blickt. „Oh je, ich muss los! Tut mir leid, Noreen, dass ich unser Gespräch so unterbreche, aber …"

„Schon gut! Ich wünsche dir einen erholsamen und stressfreien Urlaub!", sagt Noreen liebevoll und umarmt Antje freundschaftlich. Im nächsten Moment stürmt Antje aus dem Zimmer.

Noreen räumt noch ihr Fach sowie ihren Platz im Lehrerzimmer auf und begibt sich sodann zum Ausgang. Die Schüler haben mittlerweile allesamt das Haus verlassen, lediglich der Hausmeister und ein paar Lehrer halten sich noch in den Gängen des Schulgebäudes auf. Voller Vorfreude auf die anstehende Ferienzeit verabschiedet sie sich von den restlichen Kollegen.

Mit Schwung stößt sie die große Tür des Haupteingangs auf und bleibt abrupt stehen.

„Lukas! Was machst du denn noch hier?", fragt sie ihren achtjährigen Schüler, der allein auf der obersten Stufe der Treppe sitzt.

Traurig schaut Lukas zu ihr auf. „Mein Papa holt mich ab. Wir fahren morgen nach Italien."

Noreen kennt Lukas' Familienverhältnisse. Die Eltern sind geschieden und der Vater hat ein zweiwöchiges Besuchsrecht. Offensichtlich spielt sein Sohn keine übergeordnete Rolle in seinem Leben, da er es bereits des Öfteren versäumt hat, ihn freitags rechtzeitig von der Schule abzuholen, so dass die Mutter herbeieilen musste, um ihr wartendes Kind in Empfang zu nehmen.

„Soll ich mit dir warten?", schlägt Noreen liebevoll vor.

Der kleine Junge schüttelt den Kopf. „Nein, er kommt sicher gleich. Ich habe keine Angst, allein auf ihn zu warten. Vielleicht kommt auch Mama und holt mich ab", ergänzt er mit einem Schulterzucken.

Noreen ist hin- und hergerissen. Einerseits möchte sie den Jungen nicht alleine hier auf der Treppe sitzen lassen, andererseits hat sie keine Lust auf seinen Vater zu treffen. In der Vergangenheit hat es bereits eine unschöne Situation gegeben, in welcher sie mit dem herrschsüchtigen Mann aneinandergeraten ist. Sie hat ihm Worte an den Kopf geworfen, die sie beinahe ihren Job gekostet hätten. Unschlüssig betrachtet sie den blassen Jungen. Mit schmerzverzerrtem Gesicht beugt er sich nach vorne, wobei er seine Arme um seinen Bauch schlingt.

„Lukas! Hast du Hunger?", will sie vorsichtig wissen. Es gibt viele Kinder in der Klasse, die kein Pausenbrot dabeihaben. Sie kann sich nicht erinnern, ob Lukas heute im Pausenhof etwas gegessen hat.

„Ja! Mein Bauch tut weh!", antwortet er gequält.

Fürsorglich beugt Noreen sich zu dem Jungen, um ihn zu besänftigen. „Pass auf! Ich geh jetzt schnell zum Bäcker und hole dir eine Breze. Du bleibst hier und anschließend warten wir gemeinsam auf deinen Vater. In Ordnung?", schlägt sie ermutigend vor.

Ein leichtes Nicken reicht ihr als Antwort.


Mit schnellen Schritten läuft sie über den Pausenhof, durch das Gittertor hinaus auf die Straße.

Sie wendet sich nach links, wo sich zwei Querstraßen weiter der Bäcker befindet.

Nach einigen Minuten kommt sie zurück. Schon von weitem erkennt sie, dass Lukas nicht mehr auf der Treppe sitzt. Erleichtert lächelt sie in sich hinein. *Da hatte sein Vater ja noch einmal Glück, dass ich ihm nicht begegnet bin!*

Sie dreht auf dem Absatz um und geht nach Hause.

Am nächsten Tag macht Noreen sich vormittags daran, die Aufsätze der Schüler zu korrigieren. Sie erledigt ihre Korrekturarbeiten lieber am Anfang der Ferien, um anschließend die restliche freie Zeit genießen zu können. Die ersten zehn Aufsätze hat sie bereits korrigiert, als ihr Blick auf das nächste Heft fällt. *Lukas Sommer, 3 a.* Mit gemischten Gefühlen schlägt sie die Seite auf und liest seine Geschichte.
Schlagartig wird es weiß vor ihren Augen. Sie weiß, dass sie sich gegen die herannahende Vision nicht wehren kann. Ruhig bleibt sie sitzen, bis sich die blendende Mauer langsam auflöst.

Noreen sieht Lukas, wie er ängstlich, in sich zusammengekauert in einer Ecke sitzt. Sein Kinn liegt auf seiner Brust, seine Arme hängen schlaff an den Seiten herunter. Angestrengt betrachtet sie seinen Oberkörper. Er hebt sich ganz leicht auf und ab.

Plötzlich hört die Bewegung auf. Oh nein! Lukas! Er atmet nicht mehr! Das einzige Geräusch, welches sie hört, ist das Rauschen ihres eigenen Blutes in ihren Ohren. Wie eine Kamera, die sich langsam von ihrem eingefangenen Objekt entfernt, zoomt ihr Blickfeld sich langsam von Lukas weg. Holzlatten versperren den Weg zum Kind. Sie erkennt eine Kiste, die vor hohen Regalen steht. Obwohl sie ihn nicht mehr sieht, weiß sie, dass Lukas sich in dieser Truhe befindet. Ein massiver Deckel ist mit einem Eisenscharnier sowie einem Schloss gesichert. Obwohl sie in den vielen Jahren, seit ihrer ersten Vision, nur wenige dieser Situationen erlebt hat, weiß sie, dass sie die Ruhe bewahren muss. So kann es ihr gelingen, sich umzuschauen, die Gegend mit ihren Blicken zu erkunden. Allerdings schafft sie es nicht, ihre Position und somit den Blickwinkel, aus welchem Sie das Geschehen beobachtet, zu verändern. Sie kann nur als stille Beobachterin die vor ihr entstehenden Ereignisse aufnehmen. Obwohl sie äußerst angespannt ist, da sie weiß, dass Lukas in naher Zukunft tatsächlich das soeben erlebte Schicksal ereilt, blickt sie sich konzentriert um. Sie schaut auf das Regal, versucht, sich die Umgebung einzuprägen. Und plötzlich fällt ihr Blick auf einen Ordner, der ganz rechts auf einem der staubigen Bretter steht. Die Aufschrift lässt ihr Blut in den Adern gefrieren: *Malvorlagen Noreen Richter.* In diesem Moment weiß sie, wo Lukas sich befindet.

Ebenso unangekündigt, wie die Vision begonnen hat, hört sie wieder auf. Nachdem es erneut blendend hell wurde, lösten sich langsam die kleinen Wolken auf. Noreens Blick fällt auf das rote Heft in ihren Händen.

Angestrengt versucht sie, ihre Atmung zu beruhigen, wischt sich ihre feuchten Hände an der Jeans ab und greift anschließend umgehend zu ihrem Telefon.

Nach mehrmaligem Klingeln wird endlich abgehoben.

„Lara? Es hat wieder begonnen!"

## Kapitel 8

Rick sitzt bereits seit einer Stunde im Büro und grübelt über dem Erpresserbrief. Es ist noch früh morgens, daher halten sich nur wenige, ehrgeizige Kollegen in den Büroräumen auf. Bereits gestern Abend hat er sich bei dem Ehemann des ersten Opfers, Florian Bauer, erkundigt, ob dieser vielleicht doch einen Brief des Entführers erhalten habe.

„Nein, ich habe keinen Brief bekommen", erklärte Florian.

„Vielleicht ist er zwischen der anderen Post untergegangen! Haben Sie genau nachgesehen?", hakte Rick nach.

„Herr Silver, ich habe wirklich überall nach Anhaltspunkten für das Verschwinden meiner Frau gesucht! Es gibt keinen Erpresserbrief!", antwortete Florian mit Nachdruck.

Rick ist am Verzweifeln. Vielleicht haben die beiden Taten doch nichts miteinander zu tun. Aber warum sagt ihm sein Bauchgefühl etwas Anderes? Es schreit förmlich danach, gehört zu werden. Er befürchtet, dass die beiden Entführungen der Auftakt zu einer Reihe sein könnten. Seine einzige Hoffnung ist, dass sich irgendwann Gemeinsamkeiten ergeben, die zu dem Täter führen.

Die Tür wird aufgerissen und Tim stürmt aufgeregt herein.

„Rick! Schau dir das an!", ruft er seinem Kollegen entgegen, während er die aktuelle Tageszeitung vor ihn auf den Tisch wirft. Rick überfliegt die Schlagzeilen. Verständnislos blickt er den Jüngeren an. „Was meinst du? Die NATO möchte Streitkräfte einsetzen?"

Ungeduldig deutet Tim auf einen kleinen Artikel am unteren Rand der ersten Seite. „Hier! Lies das!"

Rick liest den Text laut vor. „Sensation in Freising! Eine junge Lehrerin der Grundschule Freising hat durch eine Vision ihren achtjährigen Schüler Lukas Sommer aus der Gewalt eines Entführers befreit. Laut eigenem Bekunden hatte sie solche Visionen bereits als Kind …"

Rick schaut fragend zu Tim. „Du glaubst doch nicht etwa, dass diese Frau uns helfen kann?", äußert Rick seine Bedenken.

„Warum nicht? Sie hatte eine Zukunftsvision. Was wäre, wenn sie sehen könnte, wo Caroline Gross versteckt gehalten wird oder wenn sie erkennt, welche Frau als Nächstes entführt wird?", plappert Tim begeistert drauf los.

„Tim! Ich glaube den ganzen Humbug nicht! Warum erfährt man erst jetzt von dieser Frau und ihrer sensationellen Gabe? Wahrscheinlich hatte sie selbst etwas mit der Entführung zu tun und will sich jetzt ins Rampenlicht stellen oder ihren Kopf aus der Schlinge ziehen", stellt Rick nüchtern fest.

„Das glaube ich nicht! Hier haben wir endlich mal eine Chance in unserem ausweglosen Fall vorwärts zu kommen und du spielst *Vogel Strauß?*", geht Tim seinen Partner an.

„So ein Quatsch! Ich steck den Kopf nicht in den Sand! Ich habe nur keine Lust, meine Zeit mit einer Wichtigtuerin zu verschwenden, die mediengeil und geldgierig ist. Denn darauf wird es hinauslaufen! Sie tritt mit ihrer *Begabung* in Talkshows auf und verlangt Geld für ihre Mithilfe zur Verbrechensbekämpfung! Hat es alles schon gegeben! Sie ist nicht die Erste, die versucht, mit solch einer Schlagzeile bekannt zu werden und ihre Vorteile daraus zu ziehen!", antwortet Rick gereizt.

„Und wenn nicht? Wenn sie wirklich eine Begabung hat, die uns helfen könnte? Willst du schuld daran sein, dass eine weitere Frau ermordet wird, nur weil du der Meinung bist, diese Lehrerin wäre eine Lügnerin?", schreit Tim den Älteren an.

Müde streicht Rick sich über sein Gesicht. „Von mir aus! Dann setz dich mit ihr in Verbindung! Du wirst schon merken, dass nichts dran ist, an ihrer *tollen Begabung*", antwortet Rick kapitulierend.

Anschließend steht er auf und verlässt das Zimmer. Er braucht jetzt dringend einen Kaffee, sonst steht er diesen Tag nicht mehr durch!

Tim setzt sich an seinen Schreibtisch und wählt die Nummer der Tageszeitung. Nachdem er die zuständige Redaktion davon überzeugen konnte, dass es für eine polizeiliche Ermittlung unumgänglich sei, die Kontaktdaten der betreffenden Frau zu erhalten, notiert er die ihm mitgeteilte Telefonnummer.

Ein Anruf unter der genannten Nummer stellt sich jedoch ernüchternd dar. Mehrere Male meldet sich nur der Anrufbeantworter. Über den Polizeicomputer findet er schnell den Namen sowie die Anschrift der Gesuchten heraus. Zuversichtlich schnappt Tim sich seine Jacke und stürmt aus dem Büro.

In Rekordzeit schafft er die Fahrt von München nach Freising und steuert auf das betreffende Haus zu. Schon von Weitem ist ersichtlich, dass er hier richtig ist. Eine Schar von Journalisten mit Kameras belagert die Straße vor dem Haus und lässt ein Durchkommen nur schwer zu. Nachdem er seinen Wagen abgestellt hat, geht er auf das Mehrfamilienhaus zu. Neugierig betrachten ihn die Reporter, einige schießen auf gut Glück ein Foto von ihm.

Tim überfliegt die Klingelschilder und drückt den entsprechenden Knopf. Keine Reaktion! Erneut macht er sich durch die Klingel bemerkbar. Nichts! Mit einer

Penetranz, die ihn als Ermittler auszeichnet, bearbeitet er den kleinen Knopf, bis schließlich ein lauter Schrei durch die Gegensprechanlage ertönt.

„Hören Sie auf! Oder wollen Sie eine Anzeige wegen Belästigung riskieren?“, schreit eine Frauenstimme aus dem Lautsprecher.

„Das können Sie gerne machen, Frau Richter! Hier ist die Polizei, ich kann Ihre Anzeige gleich aufnehmen“, erklärt Tim laut und deutlich.

„Ich spreche mit Niemandem! Lassen Sie mich in Ruhe!“, brüllt Noreen. Im nächsten Augenblick klackt der Lautsprecher und ist stumm.

Tim legt seinen Finger erneut auf den Klingelknopf und betätigt ihn mehrmals hintereinander.

„Geht’s noch? Was wollen Sie? Lassen Sie mich endlich in Ruhe!“, schreit Noreen genervt.

„Dann stellen Sie doch Ihre Klingel ab, oder machen Sie die Türe auf, damit ich mich mit Ihnen unterhalten kann“, schlägt Tim ruhig vor.

„Wer sind Sie überhaupt? Ich habe der Polizei schon alles erzählt“, fragt sie in normaler Lautstärke.

„Mein Name ist Tim Kraft, ich bin vom Kommissariat 12 in München. Mein Kollege Rick Silver und ich …“

„Rick Silver?“, hört er die unsichere Frage.

„Ja! Wir arbeiten zusammen an einem Fall, der …“, fängt Tim an. In diesem Moment hört er den Summer. Er drückt die Tür auf und betritt das Treppenhaus.

Vor der Wohnung im ersten Stock wird er bereits von einer jungen, hübschen Frau empfangen, die ihn abschätzend betrachtet.

„Können Sie mir Ihre Marke zeigen?", fordert sie ihn unmissverständlich auf. Nachdem sich Noreen von der Echtheit seiner Aussage überzeugt hat, bittet sie ihn ins Wohnzimmer.

„Warum plötzlich dieser Wandel? Erst schnauzen Sie mich an ich solle verschwinden und plötzlich öffnen Sie mir die Tür?", fragt Tim verwundert.

„Sie sagten, Sie arbeiten mit Rick zusammen?", kommt die unsichere Gegenfrage.

„Ja! Kennen Sie ihn?"

„Nur flüchtig. Klingeln Sie immer Sturm, bis Sie eingelassen werden?", fragt Noreen etwas freundlicher.

„Warum stellen Sie die Glocke nicht ab?", will Tim überrascht wissen.

„Weil ich nicht weiß, wie das geht!", blafft sie ihn beschämt an.

Wie auf Befehl meldet sich die Türglocke erneut. Tim steht auf, öffnet die kleine weiße Abdeckung über der Tür und legt einen kleinen Schalter um. Mit einem gewinnenden Lächeln setzt er sich zurück auf das Sofa und blickt Noreen an.

„Danke!", gibt sie kleinlaut von sich.

„Keine Ursache! Die Polizei hilft gerne wo sie kann!", erwidert er mit einem charmanten Lächeln.

„Entschuldigen Sie, dass ich vorher etwas gereizt war, aber die Reporter belagern mich seit gestern ununterbrochen! Die gehen nicht einmal schlafen!“, stellt sie entsetzt fest.

„Das ist auch eine Top-Story, die sie von Ihnen erwarten! Die Menschen glauben gerne an Wunder. Und momentan verkörpern Sie dieses Wunder!“

„Das ist kein Wunder!“, gibt sie leise zu.

„Nicht? Also ist das alles nur erfunden? Entspricht es nicht der Wahrheit, dass Sie die Entführung vorausgesehen haben?“, will Tim freundlich wissen.

„Nein! Ich habe Lukas Aufenthaltsort gesehen, nicht seine Entführung!“, berichtigt Noreen selbstsicher.

„Sie sagen also, sie hatten eine …“

„Vision! Ja!“, ergänzt Noreen schnell.

„Haben Sie das öfter?“, will Tim jetzt wissen.

„Nein! Ich hatte es als Kind ein paar Mal … aber jetzt schon länger nicht mehr!“

„Können Sie mir erzählen, wie das mit Ihren Visionen abläuft? Wie weit sehen Sie in die Zukunft? Können Sie es steuern? Funktioniert es nur bei bestimmten Personen?“, legt Tim hastig los.

„Eine Menge Fragen, die Sie da haben! Warum sind Sie hier?“, bemerkt Noreen misstrauisch.

„Sie können sich sicher vorstellen, dass für die Verbrechensbekämpfung eine solche *Begabung* von großem Nutzen sein kann. Deshalb wollte ich mit Ihnen sprechen“, erklärt Tim ausführlich.

„Wozu? Wie könnte ich Ihnen helfen?", fragt Noreen bedacht.

Tim erzählt ihr von den beiden Entführungen und dem Mord an der schwangeren Silke Bauer. Er erklärt ihr, dass sie zwar einen Zusammenhang zwischen beiden Frauen vermuten, jedoch keinen Hinweis haben, an welchem Punkt sich die Lebensumstände der Opfer kreuzen.

„Und was erwarten Sie jetzt von mir?", hakt Noreen vorsichtig nach.

„In dem Artikel stand, dass Sie die Vision hatten, als Sie ein Heft Ihres Schülers in den Händen hielten?"

„Ja, das stimmt!", bestätigt sie behutsam.

„Glauben Sie, es ist möglich, wenn Sie einen Gegenstand der entführten Frau berühren, oder was auch immer Sie mit diesen Dingen machen, dass Sie dann eine Vision herbeiführen könnten?", fragt Tim hoffnungsvoll.

„Ich glaube, Sie haben da falsche Informationen, Herr Kraft! Ich führe die Vision nicht herbei, sondern die Vision ereilt mich! Ich habe keinen Einfluss darauf!", erklärt Noreen ruhig.

„Wären Sie trotzdem bereit, uns zu helfen?", hakt Tim nach.

„Ich kann es versuchen, aber ich kann keinen Erfolg versprechen!", erläutert Noreen. „Kann ich dann mit Ihrem Kollegen sprechen?"

„Natürlich! Obwohl ich Ihnen gleich sagen muss, dass er nicht sehr überzeugt von Ihren Fähigkeiten ist“, gibt Tim ehrlich zu.

„Er glaubt, ich spinne!“

„So kann man es auch nennen“, stimmt Tim leise zu.

# Kapitel 9

Mit einem leisen „Ping" macht sich sein E-Mail-Postfach bemerkbar. Max öffnet die neue Nachricht und liest sie aufgeregt durch. Er hätte nicht vermutet, dass sich so viele Menschen auf seine Anzeige melden. Jetzt muss er nur noch die neugierigen Spinner von den echten Interessenten unterscheiden, dann kann es losgehen.

Mit flinken Fingern tippt er eine Antwort ein: *Tausend Euro und der Spaß wird garantiert!*

Auf eine erneute Nachricht des E-Mail-Partners muss er nicht lange warten: *Ohne Kondom und unfreiwillig?* Max sendet als Bestätigung einen Smiley.

Der Interessent sagt zu, sich am Abend beim verabredeten Treffpunkt einzufinden. Max weiß, dass er vorsichtig sein muss. Nicht nur Sexhungrige, die Neuland suchen, melden sich auf solche Annoncen. Auch verdeckte Ermittler der Polizei versuchen auf diese Weise kriminellen Machenschaften oder Kinderschändern auf die Spur zu kommen.

Den Ablauf des ersten Zusammentreffens hat Max genau geplant. Er wird den Mann zuerst einige Zeit beobachten, dann ein Gespräch mit ihm beginnen und ihn schließlich ins Versteck zu der Frau bringen. Ein Restrisiko bleibt jedoch immer.

Voller Vorfreude denkt er an den bevorstehenden Abend. Er wird jede Minute voll auskosten, wenn die Frau schreit und sich unter den groben Händen des Mannes windet. Schließlich ist es die letzte Nacht! Heute muss er es erneut vollbringen. Die Zeit läuft um drei Uhr morgens ab!

# Kapitel 10

Wütend knallt Rick den Telefonhörer auf die Gabel. Wieder nichts! Jeder Hinweis, den er verfolgt, führt ins Leere. Caroline Gross wurde weder gesehen, noch hat sie ihr Handy oder die Brieftasche dabei. Das, und die Tatsache, dass sie schwanger ist, sind die einzigen Gemeinsamkeiten, die sie mit dem Fall Silke Bauer hat. Verzweifelt stützt er den Kopf in seine Hände und geht alle vorhandenen Fakten erneut durch.

Plötzlich springt die Tür auf. Rick reißt seinen Kopf in die Höhe und blickt in Tims strahlendes Gesicht.

„Welche Laus ist dir denn über die Leber gelaufen?", fragt Tim beim Anblick seines missmutigen Kollegen.

„Und welcher Sonnenschein hat dich bestrahlt, dass du so grinst?", blafft Rick genervt zurück.

Tim dreht sich um und deutet in Richtung Tür. „Der Sonnenschein heißt Noreen Richter und ist unsere neue Hoffnung!", grinst er gutgelaunt.

Augenblicklich verliert Rick etwas an Farbe, seine Gesichtszüge entgleiten ihm. *Noreen Richter? Diese Noreen?* Noch bevor er seine Gedanken ordnen kann, betritt Noreen das Zimmer. Unsicher treffen sich ihre Blicke.

„Hallo Rick! Ich hätte nicht erwartet, dass wir uns nochmals begegnen", grüßt sie ihn gefühlskalt.

Tim beobachtet neugierig die Anspannung, die zwischen den beiden liegt. Er ahnt, dass die beiden nicht nur zufällige Bekannte sind.

„Hallo Noreen! Du bist also die Hellseherin aus Freising?", fragt Rick abwertend.

„Ich bin keine Hellseherin! Ich hatte eine Vision, die einem Jungen vermutlich das Leben gerettet hat, mehr nicht."

Schweigen. Tim unterbricht die peinliche Situation. „Vielleicht setzen wir uns erst einmal und Sie erzählen uns das Ganze in Ruhe."

Nur langsam kommt das Gespräch in Schwung, wobei Tim oftmals eingreifen muss, wenn sich unangenehmes Schweigen breit macht oder die Konversation eine falsche Richtung einschlägt.

„Du hattest also als Kind schon Visionen?", will Rick sachlich wissen.

„Ja, einige Male. Aber mit meinem vierzehnten Lebensjahr verschwanden sie. Bis jetzt!", erzählt Noreen ruhig.

„Wann traten die Visionen auf? Ich meine, in welchem Zusammenhang?", fragt Rick.

„Ich sah immer den Tod", schießt Noreen traurig hervor.

„Waren Emotionen im Spiel? Liebe, Hass, Wut oder Trauer? Haben diese Emotionen vielleicht die Vision ausgelöst?", hakt Rick nach.

„Meinst du vielleicht solche Emotionen, wie wenn man morgens aufwacht und merkt, dass sich der Mann, mit dem man die Nacht verbracht hat, klammheimlich aus der Wohnung geschlichen hat?", wirft Noreen in den Raum.

„Ich habe mich nicht aus der Wohnung geschlichen. Ich musste zu einem Fall …"

„Und hattest keine Zeit, eine Nachricht zu hinterlassen?", ergänzt Noreen gekränkt.

„Was erzählst du da? Ich habe dir einen Zettel geschrieben! Aber du hast dich nicht gemeldet und …"

„Stopp!", schreit Tim dazwischen. „Könntet ihr eure privaten Diskrepanzen vielleicht unter vier Augen besprechen? Es geht hier um einen wichtigen Fall, der gelöst werden muss." An Noreen gerichtet fragt er: „Frau Richter, Sie sagten …"

„Wir können uns ruhig duzen, wenn du nichts dagegen hast", schlägt sie lächelnd vor.

Tim antwortet mit einem Schmunzeln, wobei er Rick beobachtet, der beleidigt auf die Tischplatte starrt.

„Also, Noreen? Du sagtest, du hast immer den Tod gesehen? Welcher Zeitraum lag zwischen der Vision und dem tatsächlichen Tod?", fragt Tim neugierig.

„Das war immer verschieden … zwischen einer Minute und drei Monaten", antwortet Noreen nachdenklich.

„Waren es immer bekannte oder auch fremde Personen?"

„Ich glaube, ich muss eine Beziehung oder einen persönlichen Kontakt zu den Personen haben. Bei Lukas hatte ich sein Aufsatzheft in der Hand, als die Vision kam."

„Meinst du, wir könnten es bei einer fremden Person versuchen?", schlägt Tim vor.

„Wenn ich die Person berühren kann – vielleicht klappt es dann, ich weiß es nicht!"

„Das wird eher schwer werden. Ich habe dir doch erzählt, dass zwei Frauen entführt wurden. Eine davon lebt noch und … wir würden sie gerne finden, bevor sie …", bricht er ab.

„Oh, tut mir leid! Natürlich! Ich brauche nur irgendeinen Bezug zu ihr", erklärt Noreen nachdenklich.

„Vielleicht klappt es mit etwas Persönlichem bei ihr zu Hause?", fragt Tim hoffnungsvoll.

„Ein Versuch ist es wert", meint Noreen schulterzuckend.


Auf dem Weg nach Grünwald wendet Rick sich an Tim. „Die Frist läuft bald aus. Je nachdem, ab wann der Täter anfängt zu zählen. Wenn er ab der Entführung rechnet, dann wird es knapp, dann läuft

60

die Zeit in einer Stunde ab. Wenn die Zeitrechnung ab Übergabe des Briefes beginnt, haben wir noch bis heute Nacht um drei Uhr!"

„Und wenn er mit acht Stunden rechnet, sind beide Fristen schon abgelaufen", ergänzt Tim bedrückt.

Noreen sitzt mit gemischten Gefühlen auf der Rückbank. Ricks bloße Anwesenheit verursacht ihr Bauchkribbeln. Obwohl sie auf ihn noch genauso sauer ist wie am ersten Tag, haben die Gefühle, die ihre gemeinsame Nacht ausmachten, kein Stück an Intensität verloren.

Sie lehnt sich zurück und schließt die Augen. Aufgrund des vorangegangenen Gesprächs im Büro sind ihr ihre früheren Visionen allgegenwärtig. Sie denkt an Cäsar, ihren jungen Kater, der auf so grausame Weise umgekommen ist. Ihre Gedanken schweifen ab, in jene Nacht, in der sie den Tod ihres geliebten Haustieres vorausgesehen hat.

***

Noreen war elf Jahre alt, als sie mitten in der Nacht aufwachte, weil sie auf die Toilette musste. Sie setzte sich in ihrem Bett auf und stockte. Das weiße Licht kam so plötzlich, dass sie zusammenzuckte, obwohl sie es bereits vor drei Jahren gesehen hatte. Als es sich langsam verzog, sah sie ihr Zimmer. Im gleichen Mondschein wie zuvor. Sie trug den gleichen Schalfanzug und auf ihrem Schreibtisch lag das

Poesiealbum ihrer Freundin, welches sie ihr morgen zurückgeben wollte. Verwirrt blickte sie sich um. Wo blieb die Vision? Langsam stand sie auf, wollte auf die Toilette gehen, spürte aber plötzlich keinen Druck mehr auf der Blase. Stattdessen zog es sie magisch ans Fenster. Sie blickte hinaus auf die glänzende, feuchte Fahrbahn. Die Einbahnstraße wurde von parkenden Fahrzeugen eingezäunt. Eine kleine Straßenlaterne spendete schwaches Licht. Auf einmal sah sie Cäsar, der langsam trottend aus dem Haus kam. Er steuerte geradewegs auf die Straße zu, was eigentlich um diese Uhrzeit keine Gefahr darstellte. Noreen erkannte bereits von weitem die Scheinwerfer, die immer näher kamen. Besorgt suchte sie Cäsar, der eben noch auf dem Gehweg stand. Sie entdeckte ihn zwischen zwei parkenden Fahrzeugen. Sein Oberkörper war auf den Boden gedrückt, sein Hinterteil in die Höhe gestreckt, bereit zum Sprung. Mit großen Augen starrte Noreen auf die ihr dargestellte Szene. Erst jetzt bemerkte sie, dass sie keine Geräusche wahrnahm. Weder von dem sich nähernden Fahrzeug, noch von der tickenden Wanduhr in ihrem Zimmer. Sie hörte lediglich das Rauschen in ihren Ohren. Unfähig sich zu bewegen musste sie mit ansehen, wie Cäsar just in dem Moment auf die Fahrbahn sprang, als das Auto heranraste. Der schwarze Kater wurde frontal von dem linken Vorderreifen erfasst und blieb reglos auf der Straße liegen. Starr vor Angst wurde Noreen von

62

dem weißen Licht erlöst, welches sie zurück in die Wirklichkeit brachte.

Sie saß wieder in ihrem Bett. Beunruhigt stand sie auf, trat ans Fenster und blickte hinaus. Die Fahrbahn war leer. Suchend blickte sie umher und entdeckte ihren Kater wenig später, als er gemächlich aus dem Haus kam. „Cäsar!", schrie sie verzweifelt. Sie drehte sich um und stürmte die Treppe hinunter. „Cäsar, warte!", schrie sie erneut. Als sie die Haustür öffnete, erkannte sie gerade noch das vorbeirasende Fahrzeug. Panisch stürmte sie auf die Straße und sah den flach gedrückten, leblosen Körper ihres geliebten Katers. In diesem Moment spürte sie, wie ihr eine warme Flüssigkeit an den Beinen hinunter rann. Im nächsten Moment brach sie weinend zusammen.

# Kapitel 11

Marcel Gross öffnet die Tür der Villa in Grünwald und schaut seine Besucher überrascht an.

„Herr Silver! Haben Sie meine Frau gefunden?", keimt Hoffnung in ihm auf.

„Leider nicht, aber wir würden gerne nochmals mit Ihnen sprechen", erklärt Rick sachlich.

Während sie sich auf das bequeme Sofa im Wohnzimmer setzen, stellt Rick Noreen vor.

„Das ist übrigens Noreen Richter. Sie unterstützt uns bei den Ermittlungen."

„Wie kann ich Ihnen helfen?", fragt der Ehemann unruhig. Ihm ist anzusehen, dass er die letzten zwei Nächte kaum geschlafen hat. „Die Frist läuft heute aus, stimmt's?"

„Herr Gross! Haben Sie irgendwelche persönlichen Sachen Ihrer Frau, die Sie uns zeigen könnten?", setzt Rick an. Anschließend schaut er hilfesuchend zu Noreen, die umgehend die weitere Fragestellung übernimmt.

„Vielleicht ein Foto oder eine Zeichnung Ihrer Frau?", ergänzt Noreen vorsichtig.

Umgehend erhebt Marcel sich und geht an den Schrank. Er zieht ein Fotoalbum hervor, welches er

Noreen überreicht. In diesem Moment erscheint fast lautlos ein kleiner Junge im Wohnzimmer. Schüchtern bleibt er im Türrahmen stehen.

„Sven! Komm her! Du musst keine Angst vor diesen Leuten haben. Sie suchen Mama!", wendet sich Marcel an seinen vierjährigen Sohn. Währenddessen öffnet Noreen das Fotoalbum. Sie berührt ein Foto, welches eine junge Frau mit einem Baby im Arm zeigt.

„Das ist Caroline, kurz nach Svens Geburt", erklärt Marcel traurig.

Noreen versucht sich zu konzentrieren – aber nichts passiert. Plötzlich fällt ihr Blick auf den kleinen Jungen vor ihr.

„Hallo Sven, ich bin Noreen", sagt sie liebevoll und reicht ihm dabei die Hand. Schüchtern streckt er ihr seine kleinen Finger entgegen, die sie aufgeregt umschließt. Sie erwartet das weiße Licht, aber nichts geschieht. Sie blickt zu Rick und schüttelt bedauernd den Kopf.

„Herr Gross! Wir müssen Ihnen offen sagen, dass wir bis jetzt keinen Anhaltspunkt haben, wer Ihre Frau entführt haben könnte. Die Zeit läuft uns davon …", erzählt Rick ehrlich.

„Ich weiß! Ich zerbreche mir seit zwei Tagen den Kopf, ob es jemanden in unserem Bekanntenkreis gibt, der uns so etwas antun würde. Aber mir fällt beim besten Willen niemand ein!", erklärt Marcel verzweifelt.

Eine halbe Stunde später verlassen die Kommissare mit Noreen das Anwesen. Im Auto können sie endlich offen über die ausweglose Situation reden.

„Hast du überhaupt nichts gespürt?", will Rick von Noreen wissen.

„Nein! Ich glaube, es funktioniert nur bei Menschen, die ich kenne."

„Wie viele Visionen hattest du bisher in deinem Leben?"

„Drei in der Kindheit und die letzte Woche", antwortet Noreen.

„Nur vier Stück? Das sind aber nicht viele", wirft Rick überrascht ein.

„Nicht viele? Spinnst du? Jede meiner Visionen hatte mit dem Tod eines Lebewesens zu tun! Ich bin froh, dass es nicht mehr waren!"

„Sorry! So war das nicht gemeint", rudert Rick unverzüglich zurück.

Tim schaltet sich besorgt ein: „Vielleicht ist Caroline schon tot und Noreen hat deshalb nichts gesehen?"

Nach dieser Aussage ist es plötzlich still im Fahrzeug. Alle drei hängen stumm ihren beunruhigenden Gedanken nach.


Nachdem sie Noreen zu Hause abgesetzt haben, fahren Rick und Tim zurück ins Kommissariat.

„Tim, kannst du bitte das Archiv nach Fällen durchsuchen, in denen eine schwangere Frau entführt und erstochen wurde? Vielleicht gibt es da Parallelen zu unserem Opfer“, bittet Rick seinen Kollegen, nachdem sie sich einige Zeit schweigend gegenübersaßen.

„Wie lange zurück?“

„Fünf Jahre“, antwortet Rick bestimmend.

„Fünf Jahre? Weißt du was das für eine Arbeit ist? In welchem Umkreis? München? Bayern?“, fragt Tim ungläubig.

„Bundesweit!“, kommt als einzige Antwort. Nachdem Rick die entsetzte Miene seines blonden Kollegen bemerkt, ergänzt er beschwichtigend: „Das ist momentan die einzige Chance, die wir haben. Vielleicht hat der Täter in der Vergangenheit schon einmal zugeschlagen. Mein Bauchgefühl sagt mir einfach, dass diese Tat kein Einzelfall ist. Er will etwas damit bezwecken, deshalb das Rätsel und die Frist.“

„Schon gut. Du brauchst dich nicht zu rechtfertigen, dass ich stundenlang alte Fälle vergleichen muss. Ich weiß selbst, dass es momentan keine andere Spur gibt. Hilfst du mir wenigstens dabei?“, fragt Tim hoffnungsvoll.

„Klar! Aber vorher muss ich noch etwas erledigen. Ich bin bald zurück, versprochen!“, antwortet Rick besänftigend.

# Kapitel 12

Bewundernd schaut Max auf die Frau herab, die auf dem Tisch vor ihm liegt. Ihre Hände sind gefesselt, ihr Mund mit einem Klebeband verschlossen. Ängstlich starrt sie ihn an. Der Besucher hat den Ort erst vor einigen Minuten verlassen. Es war für Max ein Vergnügen, die abartigen Handlungen, die der Unbekannte an der Frau vollzogen hat, zu beobachten. Bereits als Kind hatte er die Neigung, bei Tierquälereien zuzusehen. Dabei machte es ihm keinen Spaß, selbst die Nägel in die Tierkörper zu schlagen. Das entsprach eher Rolfs Naturell, seinem zwei Jahre älteren Freund. Max wollte nur den Schmerz im Blick der leidenden Tiere sehen. Vielleicht, um davon abzulenken, dass ihm selbst oft genug seitens seines Stiefvaters Schmerzen zugefügt wurden, deren Grund er nicht verstand. Sein Blick streift von ihrer blutenden Lippe über ihre Brüste, welche durch kleine Brandwunden gezeichnet sind, bis hinunter zu ihrem Unterleib. Eine leichte Wölbung ist sichtbar, dort, wo das ungeborene Leben sein Zuhause hat. Zärtlich legt er seine Hand auf ihren Bauch.

„Es tut mir leid, dass ich euch beiden das antun muss, aber dein Mann … und dein Vater …“, wendet er sich kichernd an das Ungeborene. „Er ist nicht rechtzeitig erschienen, um euch zu retten!“, sagt er fast entschuldigend.

Die Frau schüttelt nur verständnislos den Kopf, dabei atmet sie schwer durch die Nase.

Max dreht sich langsam um, greift nach einem Gegenstand und hebt ihn hoch.

Panisch betrachtet Caroline das glänzende, lange Messer, bevor sie ihre Augen schließt und ein letztes stilles Gebet beginnt.

# Kapitel 13

Mit einem Buch in der Hand liegt Noreen auf dem Sofa. Sie hatte eigentlich vor, die verbleibenden Ferien zu entspannen und einige der im Regal wartenden Liebesromane zu verschlingen. Allerdings fällt es ihr schwer, sich auf die kleinen schwarzen Buchstaben auf dem Papier zu konzentrieren. Seit heute Morgen ist so viel passiert! Allein die Tatsache, dass sie der Polizei bei der Aufklärung einer Entführung helfen soll, ist schon aufregend. Aber das Zusammentreffen mit Rick hat sie emotional total aus der Bahn geworfen. Ihre Gefühle fuhren Achterbahn! Sie war hin- und hergerissen zwischen dem Wunsch, ihm eine Ohrfeige für sein damaliges Verhalten zu verpassen oder ihm um den Hals zu fallen. Hätte Tim nicht Ricks Namen erwähnt, wäre sie niemals mit nach München gefahren. Die letzten Tage, seit Lukas' Rettung, wurde sie mit Anfragen von Polizei, Behörden und Journalisten überhäuft. Sogar einige Fernsehsender wollten sie einladen. Im Gegensatz zu den sensationslustigen Personen, die vor ihrer Tür lauern, empfindet sie ihre Visionen eher als Belastung, als eine von Gott gegebene Gabe. Ihr ist es unverständlich, warum sie fünfzehn Jahre lang keine einzige Vision hatte, obwohl es auch in dieser Zeitspanne Todesfälle im Bekanntenkreis gab. So hatte sie beispielsweise den Tod ihrer Tante Luise nicht vorhergesehen. Sie hatte zwar kein so inniges Verhältnis zu der Schwester ihrer Mutter, kannte sie jedoch von einigen Familienessen und mochte sie recht gerne. Warum blieb ihr eine Vision über deren Lungenembolie erspart? Und warum tritt gerade jetzt ihre Fähigkeit wieder zum Vorschein?

Das Klingeln an der Haustür reißt sie aus ihren Gedanken.

Genervt steht sie auf. *Haben die Leute echt keinen Anstand? Begreifen die nicht, dass ich meine Ruhe will?* Sie drückt auf die Gegensprechanlage. „Ich gebe keine Interviews mehr. Hören Sie bitte auf, mich zu belästigen!", erklärt sie dem uneingeladenen Besucher mit Nachdruck.

„Das würde ich ja gerne, aber vorher möchte ich etwas klären", erkennt sie Ricks freundliche Stimme.

Überrascht öffnet sie die Tür und empfängt den unerwarteten Gast mit einem schüchternen Lächeln.

„Hallo Rick! Was möchtest du denn klären?", ruft sie ihm bereits im Treppenhaus entgegen.

„Können wir das vielleicht drinnen besprechen? Das muss nicht unbedingt das ganze Haus mitbekommen", bittet er leise. Noreen tritt zur Seite, um Rick eintreten zu lassen. Sein Blick streift über die gemütliche Zwei-Zimmer-Wohnung, als wäre er zum ersten Mal hier.

„Du hast es schön hier. Offensichtlich hat dein Ex-Freund dich nicht rausgeworfen", bemerkt er nebensächlich.

„Ich habe deinen Rat befolgt. Ich zahle zwar die Raten jetzt alleine, aber ich habe auf Felix' Forderungen einfach nicht reagiert. Bis jetzt hat er noch nichts gegen mich unternommen", berichtet sie kurz.

„Das ist gut. Darf ich mich setzen?", fragt Rick höflich.

„Du tust gerade so, als wärst du das erste Mal hier", wirft Noreen ihm vor.

„Na ja. Soweit ich mich erinnern kann, führte bei meinem letzten Besuch der Weg ziemlich schnell ins Schlafzimmer", erklärt er betreten.

„Richtig! Und am nächsten Morgen führte er dich ziemlich schnell zur Tür hinaus! Übrigens, ohne dich zu verabschieden!", blafft Noreen ihn an.

„Das stimmt nicht, Noreen! Ich habe einen Zettel von dem Notizblock genommen und dir eine Nachricht hinterlassen", versichert er fassungslos.

„Vielleicht hast du dir das nur eingebildet?", stichelt sie weiter.

Genervt greift Rick zu dem Block, der unter dem Tisch liegt. Er reißt einen Zettel ab und legt ihn auf den Tisch. „Hier habe ich ihn hingelegt! Ich weiß es noch, als wäre es gestern gewesen. Ich wollte dich wiedersehen."

„Und warum hast du dich dann nicht bei mir gemeldet?", will sie gekränkt wissen.

„Ich hatte deine Nummer nicht!", ergänzt er traurig.

In diesem Moment schleicht der schwarze Kater um das Sofa. Er schaut auf den Tisch und erkennt den weißen Zettel. Mit seiner Pfote schlägt er auf die Tischplatte, bis er das Blatt zu greifen bekommt, und zieht es auf den Boden. Von seinem Jagdinstinkt getrieben, schiebt er das Stück Papier über das Parkett, direkt auf den Schrank zu. Kurz bevor es unter der Schrankwand verschwindet, greift Noreen ein.

„Cornelius! Hast du etwa Ricks Nachricht gestohlen?", schimpft sie ihren Kater entsetzt.

Im nächsten Moment greift sie hinter der Tür nach ihrem Tennisschläger und schiebt ihn vorsichtig unter den Schrank. Mit einer kreisförmigen Bewegung streicht sie über den Boden und bringt mehrere Gegenstände zum Vorschein.

Ein fünf Euro-Schein, umgeben von einigen Staubfuseln, findet als Erstes den Weg ans Licht. Als nächstes taucht ein Fahrschein auf. „Ich wusste doch, dass ich noch einen hatte! Ich dachte schon, ich wäre paranoid, als er plötzlich weg war!", stößt Noreen fassungslos hervor. Als plötzlich ein Stück Papier zum Vorschein kommt, welches genau die Größe des Notizblockes hat, wird Noreen verlegen. Während sie aufsteht, liest sie still die verfassten Zeilen. *Ich muss leider los, die Arbeit ruft. Ich wollte dich nicht wecken, aber ich würde dich sehr gerne wiedersehen, um dich besser kennen zu lernen. Die Nacht mit dir war der Wahnsinn! Bitte ruf mich an: 0171/....*

Peinlich berührt blickt Noreen auf. Sie schaut in seine blauen Augen und verliert sich augenblicklich wieder in ihnen. „Es ... es tut mir leid!", stottert sie verlegen. „Ich dachte, du wärst einer dieser oberflächlichen Typen, die nur eine schnelle Nummer wollen. Wenn ich gewusst hätte ...", bricht sie ab.

Mit wenigen Schritten ist Rick bei ihr. Er greift ihr unters Kinn und erzwingt so den erneuten Augenkontakt. „Wie viele One-Night-Stands hattest du denn schon, dass du in der Mehrzahl darüber sprichst?", versucht er sie zu necken.

Ungläubig reißt sie die Augen auf. „Ich ... äh ...", stammelt sie verlegen.

„Schon gut!", beruhigt er sie. „Das war nur ein Scherz."

„Bist du immer noch daran interessiert, mich besser kennen zu lernen?", fragt sie unschlüssig.

„Auf jeden Fall", kommt seine umgehende Antwort.

„In Ordnung! Was willst du von mir wissen?", fordert sie ihn auf.

„Erzähl mir von deinen Visionen. Wie war es für dich als Kind, als du den Tod vorausgesehen hast?", will er aufrichtig wissen.

74

Gemeinsam setzen sie sich aufs Sofa. Rick legt seinen Arm um ihre Schultern und zieht sie leicht zu sich heran. Nach einer kurzen Pause fängt Noreen an zu erzählen:

„Die erste Vision, die ich hatte, war vom Tod meiner Großmutter. Das war ein Schock für mich! Keiner hat mich ernst genommen, keiner hat mir geglaubt! Es hat drei Monate gedauert, bis meine Vorhersage eintrat. Dann, drei Jahre später, sah ich den Tod meiner Katze. Diese Vision war nur eine Minute von dem tatsächlichen Ereignis entfernt. Aber am schlimmsten hat mich die Vision über meinen Vater mitgenommen. Damals war ich dreizehn!"

***

Noreens Vater sitzt mit zwei Kollegen im Zug, unterwegs nach Köln. Sie sollen dort an einer Konferenz für ihre Firma teilnehmen.

Eine Stunde, nachdem ihr Vater das Haus verlassen hat, ereilt Noreen die Vision. Sie sieht ihn! Er steht an einer Ampel, auf der anderen Straßenseite befindet sich eine Bäckerei mit Stehcafe. Als die Ampel auf grün schaltet, überquert er die Straße. Plötzlich wird ihr Vater frontal von einem Lkw erfasst. Da ihre Visionen stets den Tod einer Person zeigen, weiß sie in diesem Moment, dass ihr Vater sterben wird. Sie weiß nur nicht WANN. Hektisch greift Noreen zum Telefon, um ihren Vater auf dem Handy anzurufen.

„Papa! Du darfst nicht über die Straße gehen! Ich habe gesehen, wie du von einem Lkw überfahren wirst!", schreit sie ängstlich in den Hörer.

„Noreen! Ich sitze noch fünf Stunden im Zug!", versucht ihr Vater sie zu beruhigen.

„Aber … aber, wenn du auf eine Bäckerei zuläufst, dann bleib bitte stehen! Geh nicht über die Ampel!", bemüht sie sich, ihn zu überzeugen.

„Süße! Wir werden in Köln von einem Taxi abgeholt, das uns direkt zur Konferenz bringt. Ich habe gar keine Gelegenheit, allein in der Stadt rumzulaufen. Also mach dir bitte keine Sorgen, mir wird nichts passieren", spielt er ihre Angst herunter.

„Versprich mir, dass du nicht über die Ampel gehst!", schreit sie verzweifelt.

„Noreen, ich habe dir doch schon gesagt, dass …"

„Versprich es!", schreit sie erneut voller Panik.

„In Ordnung! Ich verspreche dir, dass ich nicht über die Ampel zum Bäcker gehe. O.K.?", antwortet er besänftigend.

Nur schwer kann sich Noreen von dem Gespräch mit ihrem Vater trennen. Ihre Angst um ihn hält sie in einem eisernen Griff gefangen.


Robert Richter steckt sein Handy zurück in die Jackentasche.

Sein Kollege schaut ihn fragend an. „Ist etwas passiert?"

„Nein! Alles in Ordnung. Es war meine Tochter. Sie macht sich nur unnötige Sorgen um mich", wertet er das Gespräch ab.

„Ja, die lieben Töchter! Meine Kleine ist glücklicherweise noch zu jung, um sich große Sorgen um mich zu machen. Sie wird nächsten Monat erst zwei!", antwortet Ben, der seit drei Jahren glücklich verheiratet ist.

Plötzlich wird der Zug langsamer. Die Durchsage des Zugführers ertönt aus den Lautsprechern: „Sehr geehrte Fahrgäste, aufgrund einer technischen Störung müssen wir im nächsten Bahnhof einen Zwischenstopp einlegen. Die voraussichtliche Dauer der Verzögerung beträgt eine Stunde. Sie dürfen den Zug gerne während dieser Zeit verlassen. Wir bitten Sie jedoch, im Bereich des Bahnhofs zu bleiben, damit Sie die Ansage zur Weiterfahrt nicht verpassen." Einen Moment später hält der Zug an. Ein Blick aus dem Fenster verrät den drei Männern, dass sie sich in einem kleinen Dorf namens *Westmühlberg* befinden, in welchem der ICE normalerweise nicht hält.

„Vertreten wir uns die Beine?", schlägt Robert vor. Seine Kollegen erheben sich und folgen ihm aus dem Zug. Langsam gehen sie bis ans Ende des kleinen Bahnhofgebäudes.

„Dort drüben ist eine Bäckerei! Ich hätte echt Lust auf ein Croissant und einen frischen Kaffee. Wie sieht es mit euch aus?", ruft Ben begeistert aus.

„Gerne, aber ich muss zuerst auf die Toilette", antwortet Karl, der Älteste.

„Robert, hast du dein Geld dabei? Ich habe meine Brieftasche im Zug vergessen!", fragt Ben freundschaftlich.

„Klar! Was wollt ihr?", will Robert wissen. Nachdem die beiden Kollegen ihre Bestellung an Robert weitergegeben haben, begibt sich dieser in Richtung Bäckerei. Kurz vor der Ampel bleibt er abrupt stehen. *Versprich mir, dass du nicht über die Ampel gehst!* Schlagartig erinnert Robert sich an die Worte seiner Tochter. Innerhalb von Sekunden spielen sich verschiedene Bilder in seinem Kopf ab. Noreen hat angeblich den Tod ihrer Oma sowie ihrer Katze vorausgesehen. Allerdings waren er und seine Frau sich damals nicht sicher, ob das nur Hirngespinste eines heranwachsenden Kindes sind. Langsam geht er einen Schritt auf die Ampel zu. Sie zeigt rot. Erneut hallen die ängstlichen Worte seiner Tochter in seinen Ohren wieder. *Papa! Du darfst nicht über die Straße gehen! Ich habe gesehen, wie du von einem Lkw überfahren wirst!* Robert ist verunsichert. Die Ampel schaltet auf grün. Er zögert, will die Straße überqueren, bleibt aber aus einem unerfindlichen Grund stehen. Er hat es seiner Tochter versprochen. Wenn sie Recht hat, könnte er es sich niemals verzeihen. *Dann muss ich mir auch nichts mehr verzeihen, denn dann bin ich tot!* In diesem Moment hört er die quietschenden Reifen eines heranrasenden Lkws. Er schlitterte, zwei Meter von ihm entfernt, über die Straße und kracht in ein kreuzendes Auto. Durch die Wucht des Aufpralls wird der blaue Golf mehrmals um seine eigene Achse gedreht, bis er schließlich mit Totalschaden in der Mitte der Kreuzung stehen bleibt. Während die anwesenden Passanten zu den verunfallten Fahrzeugen laufen, um Erste Hilfe zu leisten, steht Robert wie erstarrt an seinem Platz. *Oh mein Gott! Noreen hatte Recht!*

***

Mittlerweile laufen Noreen die Tränen unaufhaltsam über die Wangen. Rick weiß nicht, ob es die Erleichterung oder die Angst ist, welche die emotionale Schleuse in ihr geöffnet hat.

„Du hast deinen Vater gerettet!", sagt er bewundernd.

„Ja! Das war das erste Mal, dass ich den vorhergesehenen Tod verhindern konnte", flüstert sie leise.

„Dann ist deine Begabung ein Segen! Du hast auch Lukas das Leben gerettet!"

„Zum Glück! Vermutlich wäre er in der Kiste erstickt, wenn die Beamten ihn nicht rechtzeitig befreit hätten", erzählt sie traurig.

„Wie hast du herausgefunden, wo Lukas versteckt gehalten wurde?“, will Rick neugierig wissen.

„In meiner Vision sah ich, wie er in einer Kiste hockte. Plötzlich hat sich mein Blickfeld vergrößert, ich erkannte die Umgebung, in welcher die Kiste stand. Und da sah ich ihn: Meinen Ordner, den ich vor drei Jahren mit in die Schule gebracht habe. Als ich dann keine erste Klasse mehr unterrichtete, gab ich den Ordner dem Hausmeister, um ihn im Keller aufzubewahren. Ich kannte diesen Raum zwar nicht, aber ich war mir sicher, dass er sich im Schulgebäude befindet.“

„Also war es der Hausmeister?“, fragt Rick ungläubig.

„Vermutlich! Er hatte einen Tag nach der Entführung einen Unfall. Er liegt immer noch im Koma“, erklärt Noreen nachdenklich.

Rick schaut Noreen in die Augen. „Ich bin froh, dass ich dich wiedergefunden habe“, flüstert er liebevoll.

„Ich auch!“, haucht sie ihm entgegen.

Völlig unerwartet steht Rick auf. „Ich muss leider los. Ich habe Tim versprochen, ihm bei den Recherchen zu helfen“, erklärt er bedauernd.

„Wann sehen wir uns wieder?“, will Noreen besorgt wissen.

„Bald! Wir haben ja jetzt unsere Nummern ausgetauscht“, antwortet er mit einem Lächeln, dem Noreen kaum widerstehen kann.

Im nächsten Moment verlässt Rick die Wohnung.

# Kapitel 14

Am nächsten Tag treffen sich Rick und Tim erneut im Büro, um weiter das Archiv nach vergleichbaren Mordfällen zu durchsuchen.

„Danke, dass du dein Wochenende opferst, um mit mir die alten Fälle zu überprüfen", sagt Rick lächelnd zu Tim.

„Bedank dich bei Marie! Die ist nicht sehr erfreut über meine Zusatzschicht! Aber sie versteht, dass wir den Mörder um jeden Preis finden müssen. Außerdem weiß sie, dass sie mich mit meinem Beruf teilen muss! Auch wenn sie den Samstag lieber mit mir im Bett verbringen würde", erwidert er schelmisch.

Konzentriert greift Rick nach der Liste, welche er gestern Nacht noch ausgedruckt hat, um die insgesamt dreißig vergleichbaren Fälle zu überprüfen.

Mit seinem Stift bearbeitet er die Namen, streicht einige durch und setzt hinter andere einen Haken.

„Es bleiben drei Fälle in der näheren Umgebung! Die möchte ich zuerst überprüfen. Kannst du die aktuellen Anschriften der Männer ausfindig machen? Dann können wir den Herren noch heute einen Besuch abstatten", bemerkt Rick sachlich.

Es dauert nur wenige Minuten, bis Tim die aktuellen Anschriften ausfindig gemacht hat. Kurze Zeit später sitzt er mit Rick im Auto, auf dem Weg nach Fürstenfeldbruck.

„Herr Sebastian Lauber? Wir sind von der Kriminalpolizei München. Mein Name ist Rick Silver, das ist mein Kollege Tim Kraft. Könnten wir einen Moment mit Ihnen sprechen?"

„Natürlich! Um was geht es denn?", fragt Sebastian unsicher.

„Vor drei Jahren wurde Ihre Frau ermordet, ist das richtig?", fragt Rick geschäftsmäßig.

„Ja, das stimmt! Aber der Mörder wurde doch gefunden!"

„Wir haben trotzdem ein paar Fragen, wenn es Ihnen recht ist", erwidert Tim.

„Bitte, kommen Sie herein."

Die Wohnung ist ordentlich, in einer Vitrine im Wohnzimmerschrank stehen verschiedene Bilder. Ein Foto fällt Rick sofort ins Auge. Über der linken Ecke des Bilderrahmens befindet sich ein schwarzes Trauerband.

Rick und Tim notieren sich alle Angaben über Freunde, die Arbeitsstelle sowie den Frauenarzt des Opfers.

Kurze Zeit später verlassen sie den Ehemann des Opfers und gehen zurück zum Auto.

Der Weg führt sie zu ihrer zweiten Vernehmung - Christian Straub aus Garmisch-Partenkirchen. Er bewohnt ein großes, ansehnliches Haus, welches das vorhandene Geld sichtbar zur Schau stellt.

„Warum muss ich das alles nochmal erzählen? Es ist ein Jahr her, dass meine Frau ermordet wurde. Haben Sie den Täter endlich gefunden?", begrüßt er Rick unfreundlich.

Aus dem Inneren des Hauses hören sie eine schrille Frauenstimme. „Chrissi-Schatz? Wer ist denn da? Ist das die Blumenlieferung?"

Rick und Tim schauen sich verwundert an. „Herr Straub, wir benötigen Ihre Angaben wegen eines vergleichbaren Falles, in dem wir gerade ermitteln. Haben Sie damals eine Lösegeldforderung erhalten?", will Rick freundlich wissen. Er bemerkt sofort die leichte Entgleisung in den Gesichtszügen des verwitweten Ehemannes. Nach einer für Ricks Geschmack zu langen Pause, antwortet Christian zögernd.

„Nein, die gab es nicht! Sie wurde vollkommen sinnlos entführt und ermordet."

„Aber Sie wussten, dass sie schwanger war, oder?", hakt Tim nach.

„Natürlich wusste ich das! Was spielt das für eine Rolle?", wirft Christian den Beamten gereizt entgegen. Nachdem sich Tim noch die Namen der Bekannten sowie des behandelnden Arztes notiert hat, verlassen sie den genervten Mann.

Im Auto kann Rick sich nicht mehr beherrschen. „Was war das für ein Idiot? Seine Frau ist gerade mal ein Jahr tot und er hat schon eine Neue? Außerdem glaube ich ihm nicht, dass er keinen Erpresserbrief erhalten hat. Hast du gemerkt, wie er gezögert hat? Wenn du mich fragst, wollte der seine Frau loswerden. Es kam ihm grad recht, dass sie entführt wurde. Das Lösegeld hat er lieber für seine neue Liebschaft investiert", zieht Rick über den reichen Ehemann her.

„Jetzt halt aber mal den Ball flach! Du kannst ihm doch nicht unterstellen, er hätte seine Frau absichtlich dem Entführer überlassen!"

„Sieht aber so aus, wenn er jetzt schon wieder eine neue Frau an seiner Seite hat!", ruft Rick wütend aus.

„Nur weil du ganze drei Jahre gebraucht hast, bevor du eine neue Frau an dich rangelassen hast, muss das nicht heißen …", setzt Tim an. Im nächsten Moment bricht er ab, weil Rick mit voller Wucht auf die Bremse tritt.

„Wage es nicht, über meine Gefühle zu urteilen!", stößt Rick angriffslustig aus.

„Sorry, so habe ich das nicht gemeint", entschuldigt sich Tim umgehend.

„Doch! Du hast es genau so gemeint! Du hast keine Ahnung, was Sarah mir bedeutet hat", wirft er seinem Kollegen vor.

Dabei scheint Rick sich nicht daran zu erinnern, dass er Tim vor etwa einem Jahr, unter enormem Alkoholeinfluss, die ganze, traurige Geschichte erzählt hat. Tim weiß genau, dass Ricks Beziehung zu Sarah etwas Besonderes war.

Während der Fahrt zu dem dritten Ehemann auf der Liste, schweigen beide Männer vehement.

Carsten Jäger ist achtunddreißig Jahre alt, hat blondes Haar und eine Hornbrille. Er wohnt in einer Drei-Zimmer-Wohnung in Sendling, welche einen gepflegten, aufgeräumten Eindruck auf die Besucher macht.

„Herr Jäger, Ihre Frau wurde vor zwei Jahren ermordet. Könnten Sie uns noch einige Angaben hierzu machen?", fängt Tim vorsichtig an.

„Wozu? Der Täter wurde gefasst und verurteilt", fragt Carsten skeptisch.

„Das stimmt, aber wir ermitteln an einem vergleichbaren Fall. Es ist möglich, dass der Mörder mit anderen Frauen das gleiche macht, wie damals mit Ihrer Frau", erwidert Rick ehrlich.

„Was wollen Sie wissen?"

„Haben Sie einen Brief vom Entführer erhalten? Oder irgendeine Nachricht?", setzt Rick an.

„Sie meinen eine Lösegeldforderung? Nein! Sie wurde nicht entführt, sondern vergewaltigt und bestialisch erstochen", erinnert Carsten sich schmerzhaft.

„Das tut mir leid! Könnten Sie uns noch die Namen der Bekannten sowie des Frauenarztes geben, bei dem Ihre Frau war?"

„Ja, natürlich!", willigt Carsten umgehend ein.

Kurze Zeit später verlassen Sie das Wohnhaus in Sendling.


„Das hat überhaupt nichts gebracht", bemerkt Tim entmutigt. „Sollen wir jetzt noch die Restlichen auf der Liste abfahren?"

„Das sollen die Kollegen machen. Ich werde sicher nicht bis nach Bremen fahren, um solch vage Auskünfte wie heute zu bekommen. Falls unser Täter seine Androhung wahrmacht, ist Caroline bereits tot", sagt Rick bedrückt.

## Kapitel 15

Max sitzt in seinem Van vor dem Haus in Schwabing und beobachtet die Eingangstüre. Plötzlich schwingt sie auf und eine junge Frau mit dunklen, langen Haaren sowie einer schlanken Figur tritt hinaus auf die Straße. Sein Herz schlägt augenblicklich schneller, das Adrenalin breitet sich in seinem Körper aus. Er notiert sich die Uhrzeit, steigt aus und folgt ihr mit unauffälligem Abstand. Dieses Mal wird es besonders schwierig, den geeigneten Zeitpunkt zu finden, um zuzuschlagen. Im Gegensatz zu den anderen beiden Frauen geht seine Auserwählte abends nicht raus. Sie wohnt in einer belebten Gegend, wobei sie ihre Besorgungen stets tagsüber macht. An der Anordnung des Klingelschildes konnte er ausmachen, dass ihre Wohnung im Dachgeschoss liegt. Von außen ist erkennbar, dass es sich um ein Atelier handelt. Sie ist also Künstlerin! Eine Frau, deren innere Kreativität durch die Einwirkung von äußerlicher Gewalt zerstört wird. Oder angeregt! Angenommen, ihr Ehemann schafft es, sie rechtzeitig zu finden – dann könnten sich durch die Erfahrungen, die sie bei ihm gemacht hat, ganz neue Wege erschließen. Vielleicht wird sie eine noch bessere

Künstlerin, als sie es bereits schon ist? Vielleicht verhilft er ihr sogar zu Ruhm und Reichtum?

Er folgt ihr bis zu einer Galerie, in welcher sie drei Stunden verweilt. Anschließend macht sie noch einige Besorgungen, bevor sie sich wieder ins Dachgeschoss des alten Wohnhauses zurückzieht.


Bald! Bald ist es soweit! Dein Mann wird es sicher schaffen!

# Kapitel 16

Es ist bereits Sonntagmittag und Noreen ist spät dran. Heute Morgen nach dem Aufwachen ging es ihr nicht besonders gut, daher wollte sie sich noch einmal für einen Moment ins Bett legen. Leider schlief sie wieder ein, weshalb sie sich jetzt abhetzen musste, um einigermaßen pünktlich zum Mittagessen bei Lara zu erscheinen.

„Sorry Lara, ich habe verschlafen", begrüßt Noreen ihre Schwester mit einer Umarmung.

„Verschlafen? Du?", bemerkt Lara alarmiert.

„Auch mir kann das mal passieren", antwortet sie spitz.

Im nächsten Moment umschließen sie vier kleine Arme, während ihre Nichte und ihr Neffe sich lautstark über ihre Anwesenheit freuen.

Am Esstisch sitzen bereits Thomas und Kerstin, Laras Schwiegereltern. Nachdem Noreen auch die anderen beiden Gäste begrüßt hat, servieren die Gastgeber das Essen.

Am Nachmittag beschließen sie, gemeinsam einen Spaziergang in den englischen Garten zu unternehmen. In der Nähe des Seeufers breitet Dennis eine Decke aus, während die beiden Kinder, mit einem Ball bewaffnet, über die Wiese laufen. Lara, ihr Mann sowie Noreen machen es sich auf der weichen Wiese bequem, während die Großeltern sich lachend dem Spiel der Kinder anschließen.

„Wie geht es dir jetzt? Nach der Geschichte mit Lukas, meine ich", fragt Lara fürsorglich.

„Es geht mir gut. Ich kann mir allerdings immer noch nicht erklären, warum die Visionen jetzt plötzlich wieder angefangen haben", rätselt Noreen.

Nachdenklich betrachtet Lara ihre Schwester. „Wir waren damals doch zu dem Ergebnis gekommen, dass sie mit Beginn deiner Periode aufgehört haben, stimmt's?"

Noreen nickt bestätigend. „Ja! Möglicherweise war das der Grund."

„Was ist jetzt anders? Warum fängt es plötzlich wieder an?", fragt Lara in Gedanken versunken.

Nachdenklich wendet sie sich an ihren Ehemann. „Dennis, du als Arzt kannst uns bestimmt weiterhelfen! Welcher Zustand ist ähnlich dem, bevor man in die Pubertät kommt?"

„Da kannst du deine Mutter fragen! Die Wechseljahre sind die Pubertät des Alters. Dann stellen die Eierstöcke ihre Arbeit wieder ein", erklärt er wissend.

„Na ja, in den Wechseljahren ist Noreen sicher noch nicht", bemerkt Lara lächelnd.

Dennis betrachtet seine Schwägerin in Gedanken versunken. „Nimmst du die Pille?", fragt er direkt und ohne Scheu.

„Nein! Die habe ich noch nie genommen, ich bevorzuge andere Verhütungsmittel", antwortet Noreen ehrlich. In diesem Moment erscheint ihr ein beunruhigendes Bild vor den Augen. Sie erinnert sich an die Nacht mit Rick.

Dennis wird ernst. „Wenn es wirklich mit der Hormonproduktion der Eierstöcke zu tun hatte, dass deine Visionen damals verschwunden sind, dann bedeutet das ...", setzt er an.

„Was? Sag schon", fordert Noreen ihn ängstlich auf.

„Entweder hast du eine ernsthafte Krankheit, bei der die Eierstöcke ihre Produktion einstellen, oder ..."

„Oder was?", hakt Noreen ängstlich nach.

„Oder du bist schwanger!", ergänzt Dennis seine Ausführung.

Augenblicklich wird Noreen blass. Eine böse Vorahnung breitet sich in ihr aus.

Besorgt rückt Lara an ihre Schwester heran und legt ihr liebevoll den Arm um die Schultern. „Nori, du musst dich unbedingt von einem Fachmann untersuchen lassen. Vielleicht ist es nur eine vorübergehende Störung des Hormonhaushalts ..."

„Nein! Ich bin nicht krank. Ich glaube ich bin schwanger", gibt sie schuldbewusst zu.

„Was? Aber Felix ...", setzt Lara ungläubig an.

„Nicht von Felix", unterbricht Noreen sie.

Lara und Dennis schauen sich fragend an, verkneifen es sich weiter nachzuhaken.

Währenddessen schießen Noreen tausend Gedanken durch den Kopf. Wie konnte sie nur so leichtsinnig sein? War sie so betrunken, dass sie nicht mehr an Verhütung gedacht hat? Warum hat Rick nicht dafür gesorgt?

Dennis reißt sie aus ihren Gedanken. „Noreen, geh bitte trotzdem zum Arzt und lass das abklären. Falls du nicht schwanger bist ..."

„Ich weiß!", unterbricht sie ihn leise. Wie soll sie das Rick erklären? Sie sind noch nicht einmal richtig zusammen! Wenn sie ihm offenbart, dass sie ein Kind von ihm erwartet, dann verschwindet er ebenso schnell, wie er aufgetaucht ist. *Vielleicht sollte ich wirklich zuerst beim Arzt die Bestätigung einholen, bevor ich mich hier verrückt mache?*

Am Abend liegt Noreen grübelnd in ihrem Bett. Ihre Gedanken kreisen um Rick. Irgendwann fällt sie in einen traumlosen Schlaf.

# Kapitel 17

Nach einer unruhigen Nacht wacht Noreen am nächsten Morgen bereits früh auf. Sie schlüpft in ihre Jogginghose sowie ein Sweatshirt und macht sich auf den Weg zur Apotheke. Mit einem Schwangerschaftstest in der Tasche, kehrt sie wenig später zurück in ihre kleine Wohnung. Ungeduldig reißt sie die Packung auf, überfliegt die Anleitung und begibt sich anschließend auf die Toilette, um das Teststäbchen genau, wie beschrieben, anzuwenden. Die dreiminütige Wartezeit versucht sie mit Kaffeekochen und Staubsaugen zu überbrücken. Ihr fallen alle möglichen unsinnigen Tätigkeiten ein, um den Zeitpunkt der unwiderruflichen Bestätigung hinauszuzögern.

Schließlich drängt ihre Nervosität sie doch dazu, auf das Testfenster zu sehen. Ein deutliches Pluszeichen springt ihr ins Auge. POSITIV!

Mit einem Schlag ergreifen zwei Gefühle gleichzeitig von ihr Besitz. Freude sowie Angst. Sie fechten einen ungleichen Kampf in ihrem Innern aus, bis schließlich ihre Vernunft den Sieger bestimmt. *Ich will das Kind! Ich freue mich darauf!*

Sie greift zum Telefon und ruft ihren Gynäkologen an, bei dem sie bereits am nächsten Tag einen Termin zur Untersuchung bekommt.

Anschließend wählt sie die Nummer von Ricks Büro.

„Kraft, Kommissariat 12!", meldet sich Tim geschäftsmäßig.

„Hallo Tim, hier ist Noreen. Ist Rick da?", begrüßt sie ihn freundlich.

„Hi Noreen! Nein, er ist … unterwegs", antwortet er ausweichend.

„Unterwegs? Wann kommt er wieder?", will sie unruhig wissen.

„Erst morgen", kommt die kurze Antwort.

„Dann versuch ich es auf dem Handy", schlägt Noreen vor.

„Da wirst du ihn heute auch nicht erreichen", wendet Tim unbedacht ein. Im nächsten Moment bereut er seine unüberlegte Antwort. „Kann ich dir vielleicht helfen? Hast du eine Frage zu unserem Fall?"

„Nein! …Schon gut … danke, Tim", bringt Noreen zögernd hervor.

Nachdem sie das Gespräch beendet hat, wählt sie Ricks Handynummer. Sofort springt die Mailbox an, er hat sein Handy ausgeschalten. Wo ist er? Und warum hat er ihr nicht erzählt, dass er für einen Tag wegfährt? *Weil es mich nichts angeht, was er in seiner*

*Freizeit macht! Wir sind schließlich kein Paar – noch nicht!*

Sie hätte Rick gerne gesehen …- mit ihm gesprochen. Jetzt muss sie eben bis morgen warten.

# Kapitel 18

Unsicher lehnt sich Tim in seinem Stuhl zurück. Hoffentlich hat er Noreen nicht zu viel erzählt! Rick reagiert sehr empfindlich, wenn es um dieses eine Thema geht. Auch auf der Dienststelle wissen nur er und sein direkter Vorgesetzter den Grund, warum Rick einmal im Jahr für zwei Tage unerreichbar ist.

Während er über die psychische Verfassung seines Kollegen grübelt, klingelt erneut sein Telefon. Gedankenverloren hebt er ab und meldet sich. Im nächsten Moment ist er hellwach.

„Shit! Ja, ich komme sofort!", entgegnet er auf die ihm mitgeteilte Neuigkeit. Nachdem er aufgelegt hat, wählt er sofort Ricks Nummer. Nach dem Signalton spricht er auf die Mailbox.

„Rick! Sorry, dass ich dich störe, aber du hast gesagt, ich soll dich informieren, wenn etwas Gravierendes in unserem Fall passiert. Die Leiche von Caroline Gross wurde gefunden!"

Anschließend schnappt er sich seine Jacke und stürmt aus dem Büro.

# Kapitel 19

Wütend wirft Max die Haustüre hinter sich ins Schloss. Er hasst es, Menschen töten zu müssen. Warum schaffen es diese Versager von Ehemännern nicht, ihre Frauen zu retten? Seiner Meinung nach gibt es genügend Hinweise in seinen Briefen, wo er ihre Frauen versteckt hält. Sie sind immer zu spät! Wie er damals …

Erschöpft steigt er unter die Dusche, wäscht sich den Schmutz und die Schuld von seinem verschwitzten Körper. Anschließend schließt er die Tür zum Gästezimmer auf. Ein kleiner, heller Raum erstreckt sich vor ihm. Leer, bis auf einen spartanischen Plastiktisch sowie einen unbequemen Holzstuhl. Bedacht setzt er sich auf das harte Möbelstück und hebt seinen Blick. Ein großes Bild seiner geliebten Frau ziert die freie weiße Wand vor ihm. Rechts daneben stehen verschiedene Daten, mit Filzstift auf der Wandfarbe verewigt. Auf der linken Seite des Porträts seiner Frau hängen weitere Fotos. Sie zeigen zwei Frauen in Alltagssituationen. Schnappschüsse, die auf der Straße eingefangen wurden. Unter den Bildern stehen zwei Namen: Silke Bauer und Caroline Gross.

„Ich werde es schaffen, Anna! Irgendwann kommt einer der Ehemänner rechtzeitig, um seine Frau zu retten. Dann bin ich von meiner Schuld befreit! Denn dann habe ich dazu beigetragen, dass eine schwangere Frau, die von einem Perversen vergewaltigt und gequält wurde, gerettet werden konnte.“

Zwei Jahre ist es her, dass seine Frau Anna auf dem Nachhauseweg vergewaltigt und ermordet wurde. Danach brach für ihn die Welt zusammen. Er konnte nicht mehr arbeiten, verfiel in Depressionen. Schließlich zog er nach München, um den Erinnerungen und seinen Schuldvorwürfen zu entfliehen. Allerdings gelang ihm das nicht.

Er baute sich im Gästezimmer seine eigene kleine Welt auf. Im Mittelpunkt seine Frau Anna! Sie war sein Leben – sie hat ihn gerettet! Vor sich selbst und seinen irren Gedanken.

Bevor er Anna kennenlernte, hielt er sich gerne in einschlägigen Kreisen auf. So sehr er einerseits die Gewalt hasste, so sehr zog sie ihn auf der anderen Seite an. Er liebte es zuzusehen, wenn ein Sadist demütigende Handlungen an einem Masochisten vornahm. Dabei hat sich in ihm nie das Bedürfnis entwickelt, selbst andere Menschen zu verletzen. Im realen Leben konnte er seine Neigungen gut verbergen. Keiner seiner Kollegen ahnte jemals, in welcher Gesellschaft sich Max am Wochenende aufhielt. Als sodann eines Tages Anna, als neue Kollegin, im Labor auftauchte, änderte sich sein komplettes Leben. Er verliebte sich Hals über Kopf in sie. Das Bedürfnis und die Sucht nach Gewalt traten in den Hintergrund. Er war ein liebevoller und zärtlicher Ehemann, bis ihm ein Teil seines Herzens aus dem Körper gerissen wurde.

Seither versinkt er immer tiefer in Selbstvorwürfen. Wäre er rechtzeitig da gewesen, würde seine Frau noch leben!

Anfangs bestrafte er sich selbst, um für sein Fehlverhalten zu büßen. Irgendwann reichten ihm die Schläge, die er sich selbst mit einem Stock zufügte, nicht mehr aus. Er besorgte sich eine Peitsche, wie es sie in jedem spezialisierten Online-Shop zu kaufen gibt, und schlug sich damit auf Brust und Rücken. Schnell begriff er, dass dieses Spielzeug ihm als Bestrafung nicht reichte. Er griff zu einem Messer! Noch heute ist sein Oberkörper stummer Zeuge der Misshandlungen, die er sich selbst zufügte. Anfangs begann er, dünne Schnitte in seine Haut zu ritzen, in welche er anschließend Salz rieb, um den größtmöglichen Schmerz zu empfinden, den diese Wunden ihm bereiten konnten. Mit der Zeit wurden die Schnitte größer und das Salz durch Chemikalien ersetzt. Als Fachmann in dieser Branche fiel es ihm nicht schwer, die geeigneten Lösungen für sein Vorhaben zu finden. Nicht selten endeten seine schmerzhaften Verstümmelungen mit einer erlösenden Bewusstlosigkeit.

Als er vor zwei Monaten in seinem eigenen Blut aufwachte, bemerkte er, dass ihm auch diese Art der Bestrafung keine dauernde Erlösung bringen wird. Er ging in das Gästezimmer und setzte sich an den Tisch. Traurig betrachtete er das Bild seiner Frau. „Es wird nicht besser, Anna! Was soll ich tun? All der Schmerz, den ich mir zufüge, reicht nicht aus, um meine Schuldgefühle zu beseitigen!" Nicht zum ersten Mal dachte er an Selbstmord. Aufgrund seiner religiösen Erziehung war jedoch seine Angst vor der Hölle, in welche man zweifellos nach einem Selbstmord kommt, größer, als die Angst vor dem Leben mit der Schuld.

Am Abend vor dem Fernseher erhielt er sodann die Antwort.

In den Nachrichten wurde von einem jungen Mann berichtet, der durch seine richtigen Entscheidungen das Leben einer Frau sowie deren kleiner Tochter retten konnte. Das anschließende Interview mit dem Retter brannte sich in Max' Gedächtnis. „Es ist ein unbeschreibliches Gefühl, zwei Menschen gerettet zu haben. Alle Fehlentscheidungen, die ich jemals getroffen habe, erscheinen plötzlich nichtig und ungeschehen. Ich kann nur jedem Menschen empfehlen: Zeigt Zivilcourage und helft, wie auch immer, euren Mitmenschen!"

Euphorisch sprang Max vom Sofa auf und stürmte ins Gästezimmer. „Anna! Ich weiß jetzt, wie ich meine Schuld wiedergutmachen kann!"

Zwei Wochen später entführte er Silke Bauer.

# Kapitel 20

Im gerichtsmedizinischen Institut stehen Rick und Tim vor der Leiche, welche auf einem Seziertisch liegt.

„Todeszeitpunkt ist zwischen zwei und vier Uhr morgens. Die Frau wurde mehrfach vergewaltigt – von verschiedenen Männern. Außerdem hat sie Verbrennungen im Brustbereich, an den Kniekehlen sowie im Schambereich. Ursache für den Tod war allerdings der Messerstich in ihren Unterleib. Sie ist verblutet!", berichtet der Mediziner mit monotoner Stimme.

„Welcher kranke Typ sticht einer Schwangeren in den Bauch?", stößt Tim entsetzt aus.

„Jedenfalls können wir jetzt ziemlich sicher davon ausgehen, dass es sich bei Silke Bauer und Caroline Gross um denselben Täter handelt. Beide waren schwanger und starben durch einen tiefen Stich in den Unterleib", entgegnet Rick.

„Die DNA des gefundenen Spermas schicke ich Ihnen, sobald wir die Analyse durchgeführt haben", teilt der grauhaarige Arzt mit.

Wenig später sitzen die beiden Kollegen im Auto. Tim hinter dem Steuer, Rick auf dem Beifahrersitz.

„Wenigstens wissen wir jetzt, wie der Täter rechnet! Herr Gross hat den Brief um halb acht Uhr morgens erhalten. Ab diesem Zeitpunkt hat die Frist von 2,8 Tagen begonnen", bemerkt Rick.

„Mich würde interessieren, was es mit diesem Zeitraum auf sich hat! Warum gerade 2,8 Tage?", gibt Tim zu bemerken.

„Das werden wir erfahren, wenn wir ihn schnappen! Sag mal, Tim: Wo wurde Carolines Leiche gefunden?", will Rick nachdenklich wissen.

„In einem Gebüsch im englischen Garten, in der Nähe der Isar."

„Also unweit von der ersten Fundstelle weg. War Blut auf dem Boden?", hakt er nach.

„Nein! Zumindest nicht so viel, wie es hätte sein müssen. Sie wurde sicher nicht dort ermordet", antwortet er auf die unausgesprochene Frage.

Rick hat noch am selben Abend seine Mailbox abgehört und sich bereits in der Nacht auf den Rückweg nach München gemacht. Aber selbst ohne Pause dauerte seine Fahrt von Frankfurt aus fünf Stunden. Da war der Tatort bereits geräumt.

„Wir müssen nochmals nach Übereinstimmungen suchen. Es muss eine Gemeinsamkeit geben, durch welche der Täter auf die beiden Frauen aufmerksam wurde. Er hat sie offensichtlich ausgesucht, gerade *weil* sie schwanger waren", grübelt Rick laut vor sich hin.

„Bei zwei Opfern kann es immer noch Zufall sein! Wir haben doch schon alles durchsucht!", gibt Tim zu bedenken.

„Dann müssen wir eben tiefer graben! Es muss etwas geben!", faucht Rick seinen Kollegen an.

Plötzlich klingelt Ricks Handy.

„Hallo Noreen!", meldet er sich freudig überrascht.

„Hi Rick! Tim hat erzählt, dass du die letzten zwei Tage weg warst", begrüßt Noreen ihn unsicher.

Ricks böser Blick wandert zum Fahrer, der überrascht die Augenbrauen nach oben zieht.

„Ja, ich war … unterwegs", gibt er vage zu.

„Gibt es etwas Neues in unserem Fall?", will sie neugierig wissen.

„In *unserem* Fall? Noreen, du bist lediglich als Unterstützung hinzugezogen worden!", wirft Rick ihr fassungslos vor.

Die anschließende Stille, die sich in der Leitung breitmacht, lässt ihn zurückrudern. „Sorry, Noreen! So war das nicht gemeint. Ich darf dir nur nicht alles über unsere Ermittlungen erzählen."

„Schon gut! Ich bin nur eine Lehrerin, deren Visionen euch nicht einmal helfen konnten", erwidert sie traurig.

„Wie geht es dir?", fragt er fürsorglich, um vom Thema abzulenken.

„Hast du irgendwann einmal Zeit? Ich würde gerne mit dir reden", bringt sie mühsam hervor.

„Ja, klar! Wie wäre es mit heute Abend?", schlägt Rick vor.

„Kommst du zu mir?"

„Ich freue mich! Bis später", flüstert er liebevoll in den Apparat.


„Bahnt sich da zwischen euch was an?", witzelt Tim von der Seite.

„Hast du keine eigenen Sorgen?", motzt Rick gereizt zurück.

„Oh! Ist es schon so ernst?"

„Halt deinen Mund!", kommt die unfreundliche Antwort.


Am Nachmittag steht der unangenehme Besuch beim Ehemann von Caroline Gross an. Es ist ein tränenreiches Gespräch, wobei Rick und Tim dem verwitweten Mann mit Nachdruck versichern, alles in ihrer Macht Stehende zu unternehmen, um den Täter zu finden. Der Ehrgeiz der Polizisten spendet dem alleinerziehenden Vater nur wenig Trost.

## Kapitel 21

Gegen Abend wird Noreen immer unruhiger. Ihr heutiger Frauenarztbesuch hat das gestrige Testergebnis bestätigt. Sie ist in der achten Woche schwanger!

Stundenlang hat sie mit sich gekämpft, ob es klug wäre, Rick von seiner Vaterschaft zu unterrichten. Obwohl ihr Gefühl ihr deutlich zeigt, dass Rick an ihr interessiert ist, kann sie den Umstand, dass er sich seit dem erneuten Wiedersehen ihr gegenüber auffällig zurückhaltend und reserviert verhält, nicht ignorieren.

Vor wenigen Minuten hat sie sich schließlich dazu entschieden, ihm die Wahrheit zu sagen. Naturgemäß fällt es ihr schwer, Geheimnisse für sich zu behalten. Außerdem ist sie der Meinung, dass eine mögliche Beziehung zu Rick nicht auf Lügen aufgebaut werden sollte.

Der energische Klingelton der Hausglocke reißt sie aus ihren Gedanken. Sie schnappt sich ihren Hausschlüssel und stürmt aus der Wohnungstür. Seit heute Mittag ist der Türöffner des Eingangs defekt, weshalb die Bewohner ihren Besuchern die Tür persönlich öffnen müssen.

Einen Moment später reißt sie lächelnd die schwere Eingangstür auf.

„Hallo Noreen! Das ist aber nett, dass du dich extra für mich nach unten begibst, um mich persönlich einzulassen", scherzt Rick übertrieben höflich.

„Bilde dir nur nichts ein! Der elektrische Öffner ist kaputt, er wird erst morgen repariert!", entgegnet Noreen abfällig.

„Natürlich! Geleitest du mich auch persönlich nach oben?", zieht Rick sie weiter auf.

Noreen greift nach seinem Ärmel und zieht ihn lachend ins Haus. „Los komm, du Spinner!"

Gemeinsam steigen sie den ersten Stock hinauf und betreten die gemütliche Zwei-Zimmer-Wohnung.

Rick entledigt sich seiner Jacke sowie seiner Schuhe und lässt sich auf dem bequemen Sofa nieder. Noreen holt aus der Küche die vorbereiteten Snacks sowie zwei Gläser und eine Flasche Wein.

„Hast du etwas Größeres vor?", witzelt Rick.

„Eigentlich habe ich etwas Ernstes mit dir zu besprechen, aber wenn du weiterhin so kindisch bist, überlege ich es mir noch einmal", maßregelt sie ihn.

„Sorry, aber das liegt wohl daran, dass ich total übernächtigt bin. Ich bin die ganze Nacht durchgefahren und konnte mich heute Früh nur für zwei Stunden hinlegen", entschuldigt Rick sein Verhalten.

„Du warst also weiter weg?", hakt Noreen nach. Sie spürt sofort, wie sich Rick auf ihre Frage hin verschließt. Er greift zur Weinflasche, um sie zu öffnen.

„Wenn du nicht darüber reden willst …", setzt sie leise an.

„Nein! Es ist nur … bisher wissen nur Tim und mein Chef darüber Bescheid. Ich habe es sonst noch niemandem erzählt", unterbricht er sie schnell.

Noreen nimmt das ihr angebotene Glas entgegen, stößt mit Rick an und trinkt einen kleinen Schluck. *Mist! Ich bin doch schwanger!* Betreten stellt sie das Glas auf den Tisch.

Rick deutet ihren überraschten Gesichtsausdruck falsch. Entschlossen wendet er sich an sie: „Ich werde es dir erzählen, auch wenn ich riskiere, dass du mich danach mit anderen Augen siehst."

„Warum sollte ich? Bist du etwa verheiratet?", versucht sie witzig zu klingen. Ricks ernste Miene lässt ihr augenblicklich das Blut in den Adern gefrieren.

„Rick? Wo warst du?", fragt sie mit zittriger Stimme.

„Ich war bei der Familie meiner Frau", antwortet er leise.

Noreen kann nicht verhindern, dass sie scharf die Luft einzieht. Sich fürchtend vor seinen weiteren Offenbarungen, blickt sie stumm auf den Tisch.

„Sarah ist vor drei Jahren bei einem Autounfall ums Leben gekommen", ergänzt er ohne Vorwarnung seine Aussage.

Schlagartig hebt Noreen ihren Kopf und schaut ihm fassungslos in die Augen. Sie erkennt die Trauer sowie den Schmerz, der sich in ihnen spiegelt.

„Oh mein Gott!", wispert sie entsetzt.

Rick lehnt sich entspannt zurück, nimmt einen großen Schluck des wohltuenden Saftes und erzählt ohne weitere Aufforderung seine Geschichte.

***

Rick und Sarah Silver sind seit zwei Jahren glücklich verheiratet. Es war nur eine kurze Phase der Verliebtheit, bevor beiden klar war, dass sie für immer zusammenbleiben wollten. Rick arbeitet bei der Polizei in Frankfurt, Sarah ist Fremdsprachenkorrespondentin bei einer großen deutschen Bank. Ihr Glück scheint perfekt, bis auf das Wunschkind, das sich trotz verschiedener Hilfsmittel nicht ankündigen will. Sie sind gerade auf dem Weg zu Sarahs Eltern, da der sechzigste Geburtstag des Familienoberhauptes groß gefeiert werden soll. Auch Lilly, Sarahs jüngere Schwester, wird mit ihrem derzeitigen Freund bei der Party anwesend sein.

Rick sitzt hinter dem Steuer seines Porsche 911, während Sarah auf dem Beifahrersitz lauthals den aktuellen Nummer-Eins-Hit aus dem Radio mitsingt.

110

Sie fahren auf einer verlassenen Landstraße, der strömende Regen hat gerade wiedereingesetzt. Aus der Ferne sieht Rick einen Sattelschlepper auf sich zukommen. Bedacht schaltet er die Geschwindigkeit des Scheibenwischers eine Stufe höher und konzentrierte sich auf die Straße. Kurz bevor die beiden Fahrzeuge auf gleicher Höhe sind, geht plötzlich alles ganz schnell.

Von rechts springen mehrere Rehe auf die Fahrbahn. Rick tritt reflexartig auf die Bremse, das Auto rutscht jedoch wegen des Aquaplanings geradewegs auf die Herde zu. Aus dem Augenwinkel nimmt er den Sattelschlepper wahr, dessen Fahrerkabine nach unten sinkt, da der Fahrer offensichtlich ebenfalls eine Vollbremsung einlegt. Dabei schert das lange Hinterteil des Lasters nach rechts aus, stellt sich quer und schiebt sich geradewegs auf Rick zu.

„Halt dich fest!", schreit er seiner Frau zu. Die nächsten Sekunden erlebt er wie in Zeitlupe. Der beeindruckend lange Anhänger schlittert auf den Porsche zu. Dabei löst sich die Ladung und rutscht aus ihrer Halterung. Im nächsten Moment versinken Rick und Sarah in einem unvorstellbaren Lärm aus krachendem Blech, splitternden Scheiben sowie ängstlichen Schreien. Plötzlich ist es ruhig!

Ricks Blick fällt auf seine Hände, welche er sich schützend vor sein Gesicht gehalten hat. Der Porsche wurde zur Seite geschoben, klebt jetzt seitwärts an einem Baum. Sofort sucht Rick seine Frau, die mit geschlossenen Augen neben ihm sitzt. Mehrere armdicke Eisenstangen ragen durch die Windschutzscheibe ins Wageninnere. Als er sich bewegen will, bemerkt er, dass er eine blutende Fleischwunde am Oberschenkel hat, wo eines der Rohre entlang gerutscht ist. Um Sarah herum befinden sich drei dieser gewaltigen Eisenstangen.

„Sarah! Ist alles in Ordnung? SARAH!", schreit er seine Frau ängstlich an. Diese öffnet langsam die Augen, um im nächsten Moment schmerzhaft ihr Gesicht zu verziehen.

„Sarah! Wo hast du Schmerzen?", fragte Rick besorgt. Als Antwort bekommt er nur ein zaghaftes Kopfschütteln seiner Frau. In diesem Moment bemerkt er den Rauch, der durch den Fußraum ins Wageninnere dringt.

„Sarah! Wir müssen hier raus! Das Auto wird gleich anfangen zu brennen!", erklärt er entsetzt.

Da die Beifahrerseite von dem Baum versperrt wird, schnallt er zuerst sich, anschließend seine Frau ab und öffnete seine Tür. Mit großer Mühe schafft er es, eine der gewaltigen Stangen zur Seite zu schieben, um im nächsten Augenblick wie erstarrt innezuhalten. Eines der Rohre steckt mitten in Sarahs Bauch. Sie wurde regelrecht gepfählt. Sein hellwacher Geist überfliegt in Sekundenbruchteilen die Situation. Schlagartig ist ihm klar, dass er Sarah nicht mit dem großen Gegenstand gemeinsam aus dem Auto schaffen kann. Er muss das Rohr absägen! Aber dazu fehlt ihm sowohl das Werkzeug als auch die Zeit! Inzwischen lodern aus der Motorhaube des Porsche die Flammen.

„Sarah, ich muss das Rohr aus deinem Bauch entfernen, um dich rausholen zu können", erklärt er verzweifelt.

„Du weißt, dass ich dann wahrscheinlich verbluten werde?", wispert sie leise.

„Aber ich kann dich doch nicht im Auto lassen … es brennt!", ruft er panisch aus.

Mittlerweile ist die Hitze deutlich zu spüren. Der Rauch quillt unaufhaltsam in den Wagen. Rick hat keine Zeit, sich um eine aufwendige Befreiung seiner Frau zu kümmern. Sie musste aus dem Auto – und zwar jetzt!

„Sarah, ich zieh das Rohr jetzt aus dir raus, in Ordnung?", kündigt er seinen nächsten Schritt an.

„Nein! Hör auf! Lass mich hier!"

„Niemals! Ich werde dir nicht beim Sterben zusehen, vergiss es!", schreit er verzweifelt. Ein starker Hustenreiz quält seine Lungen. Es bleibt nicht mehr viel Zeit.

Ohne weiter auf die Wünsche seiner Frau einzugehen, umschließt er mit beiden Händen das Rohr und zieht es, leicht drehend, aus Sarahs Körper. Ein lauter Schmerzensschrei erfüllt das Wageninnere. Glücklicherweise steckt der fremde Gegenstand nicht sehr weit in Sarahs Körper, daher schafft Rick es relativ schnell, sie davon zu befreien. Er greift unter ihre Achseln und zieht sie aus dem brennenden Fahrzeug. Im nächsten Augenblick brennen die Stoffsitze lichterloh. Das war buchstäblich eine Rettung in letzter Sekunde!

Rick schleppt Sarah einige Meter von dem lodernden Wrack weg und legt sie behutsam auf dem Grünstreifen ab. Mit beiden Händen drückt er auf die stark blutende Bauchwunde. In diesem Moment eilt der Lkw-Fahrer, mit einem Feuerlöscher bewaffnet, herbei.

„Geht es Ihnen gut? Ich habe den Notarzt bereits verständigt. Er kommt gleich!", ruft er Rick zu, bevor er sich dem brennenden Porsche zuwendet.

„Rick! Mir ist so kalt!", wispert Sarah.

Fassungslos blickt er auf seine roten Hände, welche kaum in der Lage sind, den austretenden Blutstrom zurückzuhalten. „Der Krankenwagen kommt gleich. Halte durch, Darling!", versucht er sie zu beruhigen.

„Rick … ich … liebe dich!", kommt es leise über ihre Lippen.

„Ich liebe dich auch! Bitte, halte durch!", sagt er verzweifelt.

Langsam schließt Sarah ihre Augen. Ihre Atmung wird immer langsamer, bis ihre Seele schließlich mit dem letzten Atemzug entweicht.

Erst als der Krankenwagen kommt, die Sanitäter Sarah auf eine Trage legen und ihre Vitalfunktionen überprüfen, wird Rick bewusst, dass sie von ihm gegangen ist.

***

Noreen laufen unaufhaltsam die Tränen über ihre Wangen. Es tut ihr so leid, was damals passiert ist - sie kann den körperlichen sowie seelischen Schmerz regelrecht fühlen.

„Wie konntest du das jemals überwinden? Solch einen Schicksalsschlag?", fragt sie mit zittriger Stimme.

„Gar nicht! Jedes Jahr an ihrem Todestag besuche ich Sarahs Familie. Wir gehen gemeinsam an ihr Grab und trauern um sie", gibt Rick bedrückt zu. Nachdenklich beobachtet er Noreen. „Aber nun zu dir! Du wolltest doch mit mir reden? Um was geht es denn?", wechselt er geschickt das Thema.

„Ich glaube, das passt jetzt nicht so gut zu unserer Stimmung", tastet Noreen sich an ihre Offenbarung heran. „Ich muss zuerst kurz auf die Toilette", lenkt sie ab und springt auf. Sie hetzt ins Badezimmer und wäscht sich die Tränen aus dem Gesicht. Anschließend betrachtet sie ihr Spiegelbild. *Soll ich ihm jetzt wirklich erzählen, dass ich ein Kind von ihm erwarte? Das ist doch absolut unpassend!* Unentschlossen setzt sie sich auf den Toilettensitz, während sie überlegt, mit welchen Worten sie ihm am Besten beibringt, dass er Vater wird. Mit diesem

Gedankenspiel hat sie bereits den halben Nachmittag verbracht, jedoch passen ihre wohl überlegten Sätze jetzt einfach nicht mehr!

Irgendwann hat sie es satt, die Worte so lange zu verdrehen, bis sie eher einem literarischen Gedicht ähneln, als der freudigen Mitteilung, dass ein Kind unterwegs ist. Fest entschlossen reißt sie die Badezimmertür auf und stürmt zurück ins Wohnzimmer.

„Ich weiß nicht, wie ich es dir sagen soll, deshalb mache ich es kurz: Ich bin schwanger!", platzt sie auf dem Weg zum Sofa heraus. Erst an der ausbleibenden Reaktion merkt sie, dass Rick die Augen geschlossen hat. Er schläft! *Wie lange war ich denn im Bad?*

Unschlüssig, ob sie wütend oder gerührt sein soll, kippt sie ihn vorsichtig zur Seite, bis er rücklings auf dem Sofa liegt. Fürsorglich deckt sie ihn zu. Anschließend beugt sie sich über ihn und streichelt über seinen weichen Drei-Tage-Bart. Mit einem zarten Kuss auf seine Lippen wünscht sie ihm leise eine gute Nacht, bevor sie sich in ihr Schlafzimmer zurückzieht.

# Kapitel 22

Am nächsten Morgen wacht Noreen nach einem verwirrenden Traum auf. Sie war mit Rick im Bett, küsste und liebte ihn, als sie plötzlich bemerkte, dass ein Fremdkörper in ihrem Bauch steckte. Reflexartig wollte sie ihn rausziehen, aber Rick hielt sie davon ab und meinte, der Stab müsse in ihr bleiben, sonst würde sie verbluten. Schließlich liebten sie sich weiter, während das dünne Metallstück aus ihrem Leib ragte.

Schnell schüttelt sie die grausamen Erinnerungen ab und steht auf. Als sie das Wohnzimmer betritt, findet sie das Sofa verlassen vor. Die Decke liegt ordentlich zusammengefaltet auf der Sitzfläche.

Rick hat wohl ein Talent dafür, immer heimlich zu verschwinden! Im nächsten Moment hört sie die Badezimmertür.

„Guten Morgen!", ruft ihr Rick gutgelaunt entgegen.

„Guten Morgen! Du bist ja noch da! Ich dachte schon, du hättest dich wieder heimlich verdrückt", wirft sie ihm glücklich entgegen.

Lachend kommt er auf sie zu. „Den Fehler mache ich sicher nicht noch einmal. Es tut mir aber leid, dass ich gestern Abend eingeschlafen bin. Ich war einfach total übermüdet!", entschuldigt er sich bedrückt.

„Das kannst du mit einem ausgiebigen Frühstück wiedergutmachen. Ich setze schon mal den Kaffee auf", ruft sie ihm zu, während sie auf die Küche zusteuert.

„Noreen! Ich muss ins Büro! Falls du dich erinnerst … ich muss einen Mörder finden, der schwangere Frauen umbringt!", hält er sie tadelnd zurück.

*Schwanger! Das ist das Stichwort!*

„Ich muss dir übrigens noch etwas sagen … eigentlich wollte ich es dir gestern Abend …. aber …", stammelt Noreen plötzlich unsicher los.

„Richtig! Um was geht es denn?", fragt Rick auffordernd.

*Verdammt! Wie waren gleich die Worte?*

„Ich bin …", fängt sie mutig an, wird aber in diesem Moment von Ricks Handy unterbrochen. Schnell wendet er sich ab, um den Anruf entgegenzunehmen.

„Silver!", meldet er sich barsch.

Einen Moment hört er nur stumm zu, bevor er antwortet. „Ja, schon gut! Sag ihm, ich bin in dreißig Minuten da!"

Bedauernd dreht er sich zu Noreen. „Tut mir leid, ich muss los! Mein Boss will mich dringend sehen, am besten schon vor einer Stunde!"

118

„Sehen wir uns heute Abend?“, fragt sie hoffnungsvoll.

„Natürlich! Sobald ich kann, melde ich mich“, antwortet er gefühlvoll, bevor er die Wohnung eilig verlässt.

Vierzig Minuten später stürmt Rick in das Büro seines Chefs.

„Morgen Boss! Was gibt’s?“, fragt er gutgelaunt.

Der böse Blick seines Vorgesetzten trifft ihn unerwartet. Aufgebracht wirft dieser eine Zeitung auf den Tisch. „Das gibt’s! Was haben Sie sich eigentlich dabei gedacht, etwas mit einer Beteiligten in einem Mordfall anzufangen?“, schreit Herbert Schröder seinen Untergebenen an.

Verdutzt greift Rick nach der Tageszeitung. Auf dem kleinen Foto ist deutlich zu erkennen, wie er von Noreen in ihren Hauseingang gezogen wird. Fassungslos liest er den kurzen Artikel dazu.

„Münchner Polizei holt sich hellseherische Unterstützung. Da die Beamten in einem Mordfall einer schwangeren Frau bisher noch keinerlei Anhaltspunkte haben, holen sie sich die Hilfe der erst kürzlich erfolgreichen Lehrerin Noreen Richter. Offensichtlich geht es dabei um mehr, als nur einen Job …“

„Was soll das? Spinnen die?“, ruft Rick entsetzt aus.

„Das frage ich eher Sie! Warum weiß die Zeitung mittlerweile mehr als ich?", fragt er wütend.

„Ich habe keine Ahnung! Offensichtlich beobachten die Noreen immer noch und …"

„Noreen? Also stimmt es, dass Sie was mit ihr haben?", will Schröder aufgebracht wissen.

„Das geht Sie nichts an! Ich kann mich in meiner Freizeit treffen, mit wem ich will!", entgegnet Rick genervt.

„Aber nicht, wenn sie in einen Mordfall involviert ist."

„Sie ist nicht involviert. Sie ist uns als Beraterin einmal zur Seite gestanden – mehr nicht!" widerspricht Rick ungehalten.

„Sie halten sich von Frau Richter fern! Verstanden?", verlangt Schröder von seinem Gegenüber.

„Warum sollte ich? Ich treffe sie privat, nicht dienstlich", argumentiert Rick.

„Wenn Sie sich nicht von ihr fernhalten und ich noch einmal ein Wort über sie beide in der Zeitung lese, dann ziehe ich Sie von dem Fall ab!", droht sein Chef.

„Das können Sie nicht machen! Tim und ich sind eingearbeitet, wir haben …"

„Glauben Sie mir Rick, ich kann es! Ich leite diese Abteilung und mir liegt sehr daran, die Ermittlungen an einem laufenden Fall nicht durch irgendwelche privaten Liebeleien meiner Mitarbeiter zu gefährden", macht er Rick unmissverständlich klar.

Nickend gibt Rick klein bei. „In Ordnung! Wenn Sie meinen! Können wir Frau Richter dann wenigstens nochmals als Beraterin zur Hilfe holen, falls wir sie brauchen?", will er emotionslos wissen.

„Wenn sie den dienstlichen Weg einhalten, natürlich!"

„Den dienstlichen Weg? Das heißt …", setzt Rick fragend an.

„Sie fragen vorher mich!", ergänzt Schröder deutlich.

Ohne ein weiteres Wort stürmt Rick aus dem Büro seines Vorgesetzten.

Als er wenig später sein Büro betritt, sitzt Tim bereits am Schreibtisch, die Zeitung vor sich liegend.

„Der Schröder spinnt doch!", beschwert sich Rick lauthals.

„Was hat er gesagt?", will Tim ruhig wissen. Er kennt Rick mittlerweile gut genug, um zu wissen, dass seine lauten Wutausbrüche keine wirkliche Gefahr für die Anwesenden darstellen. Genauso schnell, wie sein Kollege aus der Haut fahren kann, beruhigt er sich auch wieder.

„Ich soll mich von Noreen fern halten! Was bildet er sich eigentlich ein! Spielt hier den Moralapostel!"

„Das Foto zeigt euch aber auch ziemlich eindeutig!", meint Tim zögernd.

„So ein Quatsch!", antwortet Rick und greift nach dem Boulevardblatt. Er betrachtet das Foto und weiß sofort, dass es gestern Abend geschossen wurde, als Noreen ihm die Haustüre geöffnet hat, weil der Summer defekt war. Nur wer selbst dabei war, weiß, dass ihr verführerisch wirkendes Lächeln scherzhaft zu verstehen ist.

„FUCK!", schreit Rick wütend und wirft die Zeitung in den Mülleimer.

„Also, warst du heute Nacht bei Noreen?", setzt Tim vorsichtig an.

„Fängst du jetzt auch schon an?"

„Läuft da jetzt was oder nicht?", hakt Tim nach.

„Mein Privatleben geht weder dich, noch Schröder was an! Erzähl mir lieber, ob es was Neues im Mordfall Caroline Gross gibt", antwortet Rick erbost.

Gegen Abend schafft Rick es kaum noch, sich abzulenken. Seine Gedanken kreisen ständig um Noreen. Er weiß, dass sie auf ihn wartet, während er sich in seinem Büro verkriecht, um der Anweisung seines Chefs Folge zu leisten. Soll er Noreen von dem Verbot seines Vorgesetzten erzählen? Dann riskiert er womöglich, dass sie seinen Boss anruft, um die Sache mit ihm zu klären. Noreen ist alles zuzutrauen!

Fest entschlossen greift er zum Hörer und wählt ihre Nummer.

„Hallo Noreen, ich bin's. Hör zu, es tut mir leid, aber …“, setzt Rick entschuldigend an.

„Du hast keine Zeit, richtig?“, unterbricht Noreen ihn.

„Tim und ich müssen noch einen ganzen Berg Unterlagen durchforsten. Ich schaffe es heute leider nicht mehr, zu dir zu kommen“, bekundet er bedauernd.

„Schon gut! Sehen wir uns dann morgen?“, fragt sie hoffnungsvoll.

„Ich denke schon! Ich melde mich bei dir!“, verabschiedet Rick sich zügig. Sein schlechtes Gewissen frisst ihn regelrecht auf.

# Kapitel 23

Aufgeregt verlässt Nele Meier ihre Atelierwohnung. Die Dreißigjährige hat heute einen Termin bei einem Kunden, der gleich mehrere ihrer Bilder kaufen möchte. Dafür nimmt sie gerne den weiten Weg in den Münchner Süden auf sich - schließlich ist der Kunde König. Bereits gestern war sie in dem großzügigen Anwesen in Neuried eingeladen, um ihre Werke anhand von Fotos vorzustellen. Der betagte Kunde suchte vier Gemälde aus, die er kaufen wollte. Natürlich hätte sie die Bilder auch per Kurier schicken können, aber sie genießt den direkten Kontakt zu den Käufern. Sie liebt es, mit anzusehen, wenn der neue Besitzer das Originalgemälde zum ersten Mal in seinen Händen hält. Außerdem ist sie gerne behilflich, wenn es um die Suche nach einem geeigneten Platz im Haus geht, an dem ihre Werke in Zukunft hängen sollen.

Sie tritt aus der Haustüre auf die Straße, schaut zum wolkenbedeckten Himmel und verzieht kurz den Mund. *Hoffentlich bleibt es trocken, sonst riskiere ich noch, dass die Gemälde, obwohl ich sie gut geschützt in die Tasche gepackt habe, nass werden. Feuchtigkeit ist auch für Ölbilder das Todesurteil!*

Bewaffnet mit einem großen Schirm sowie der gefüllten Bildertasche macht sie sich auf den Weg zur U-Bahn. Zwanzig Minuten später steigt sie an der Endhaltestelle Fürstenried West aus. Sie muss jetzt noch drei Stationen mit dem Bus fahren, um ihr Ziel zu erreichen. Als sie den schützenden Bahnhof verlässt, fängt es an zu nieseln. Unschlüssig bleibt sie unter dem gläsernen Dach stehen. *Verdammt!* Sie spannt ihren Schirm auf, zieht die Kapuze ihres Regenmantels über den Kopf und geht in Richtung Bushaltestelle. Dabei hält sie den Regenschirm sorgsam über die Tasche, damit diese ja kein Wasser abbekommt. Völlig unerwartet beginnt es in Strömen zu gießen. Der Regen peitscht ihr ins Gesicht, während sie immer mehr Mühe hat, die Tasche vor den Wasserspritzern zu schützen.

Plötzlich hält ein weißer Lieferwagen neben ihr. Die Tür springt auf und im nächsten Moment steht ein Mann mit einem großen Schirm neben ihr. Fürsorglich hält er seinen Regenschutz über ihre beiden Köpfe.

„Kann ich Sie vielleicht ein Stück mitnehmen?", bietet er freundlich an.

Nele blickt schüchtern auf. Sie wird sicher nicht zu einem fremden Mann ins Auto steigen! Unsicherheit macht sich in ihr breit. „Kennen wir uns?", fragt sie ungläubig.

„Ja! Jetzt wo Sie es sagen!", bemerkt der Mann lächelnd.

„Sie arbeiten …“, setzt Nele grübelnd an.

„Am Marienplatz. Sie waren meine Kundin!“, hilft ihr der Fremde auf die Sprünge.

„Sie haben aber ein gutes Gedächtnis, wenn Sie sich an alle Kunden erinnern können“, bemerkt Nele amüsiert.

„Nicht an alle! Nur an die hübschen Frauen!“, antwortet der Mann mit einem Augenzwinkern. „Was ist nun? Wollen Sie hier im Regen stehen oder soll ich Sie ein Stück mitnehmen?“

„Das wäre super! Ich befürchte, wenn ich noch länger in diesem Wasserfall stehe, nehmen meine Bilder Schaden. Dann könnte ich sie nicht mehr verkaufen!“, teilt sie erleichtert mit.

Schnell öffnet der freundliche Mann die Beifahrertür und lässt Nele einsteigen. Anschließend nimmt er auf dem Fahrersitz Platz. Den nassen Regenschirm wirft er in den Fonds des Transporters, der von der Sitzbank aus zugänglich ist.

Während der Wagen anrollt, nennt Nele dem Fahrer die Adresse. Einige hundert Meter weiter biegt das Fahrzeug von der Hauptstraße in eine kleine Nebenstraße ab. Plötzlich erleidet der Fahrer einen heftigen Hustenanfall. Er stoppt den Wagen, greift in die Seitenablage seiner Tür und zieht ein weißes Taschentuch hervor. Besorgt rückt Nele ein Stück näher an ihn heran, um ihm helfend auf den Rücken zu klopfen. In diesem Moment reißt der Mann seinen Arm hoch und drückt Nele das Tuch auf ihr Gesicht.

Erschrocken reißt sie die Augen auf, atmet viel zu hektisch ein und muss entsetzt feststellen, dass die Wirkung des Narkotikums sehr schnell einsetzt. Bevor sie es schafft, sich körperlich gegen den Angriff zu wehren, umhüllt sie eine schmerzfreie, stumme Dunkelheit.

# Kapitel 24

Rick fällt es schwer, sich am nächsten Tag auf seine Arbeit zu konzentrieren. Die ganze Zeit grübelt er darüber nach, wer diese internen Informationen an die Zeitung weitergegeben haben könnte. Der Paparazzi, der das Foto gemacht hat? Aber woher sollte dieser wissen, dass die Münchner Polizei an einem Mordfall mit einer schwangeren Frau arbeitet? Dieses Wissen hatte nur das Kommissariat, Noreen und …. der Ehemann des Mordopfers.

Fassungslos wählt er die Nummer des verwitweten Mannes.

„Herr Gross! Haben Sie der Presse erzählt, dass wir keine Spur bei der Suche nach dem Mörder Ihrer Frau hätten?", fragt Rick ohne unnötige Höflichkeitsfloskeln.

„Äh … ja, warum?", will Marcel unsicher wissen.

Obwohl Rick zum Ausflippen zumute ist, hält er seine Emotionen im Zaum, erklärt stattdessen ruhig: „Würden Sie das bitte in Zukunft unterlassen? Sie könnten damit unsere laufenden Ermittlungen gefährden. Wenn der Täter erfährt, was für Informationen wir gegen ihn haben, dann …"

„Sie haben doch überhaupt keine Informationen! Sie stochern vollkommen im Dunkeln!", schreit Marcel verzweifelt.

Rick hat es freundlich versucht – jetzt sieht er keinen Grund mehr, seine Gefühle zu zügeln: „Jetzt hören Sie mal zu! Was ich Ihnen jetzt erzähle, bleibt unter uns, verstanden? Wenn ich davon nur ein einziges Wort in der Zeitung lese, komme ich persönlich vorbei und reiße Ihnen den Arsch auf! Der Mörder Ihrer Frau ist ein Serientäter. Er hat bereits vor ihr eine andere schwangere Frau getötet. Und wir vermuten, dass die beiden Opfer nicht die einzigen bleiben! Ich verspreche Ihnen, dass wir alles Mögliche tun, um diesen Killer zu finden. Das geht aber nur, wenn Sie uns nicht die Presse an den Hals hetzen!", schreit Rick zornig in den Apparat.

„Es tut mir leid! Das …. das wusste ich nicht!", stammelt Marcel betreten.

„Nein! Natürlich nicht! Wir informieren Sie auch nicht über alle unsere Schritte!", lenkt Rick ein.

„Ich werde nichts mehr erzählen, das verspreche ich Ihnen. Finden Sie nur bitte den Mörder meiner Frau!", bettelt Marcel kleinlaut.

Am Abend sitzt Rick in seiner kleinen Wohnung und zappt gelangweilt durch die Kanäle, als sein Handy klingelt. Das Display verrät ihm, wer der Anrufer ist.

„Hallo Noreen!", begrüßt er sie mit schlechtem Gewissen. Er hat ihr versprochen, sich zu melden, befürchtete aber, irgendwann mit seinen Lügen aufzufliegen.

„Rick? Wenn du mich nicht mehr sehen willst, dann sag es mir bitte, aber halte mich nicht wie ein Schulmädchen mit leeren Versprechen hin!", wirft sie ihm gereizt vor.

„Ich will dich doch sehen, ich … ich kann nur momentan nicht", windet er sich um eine ehrliche Antwort.

„Warum?", kommt als einzige Frage.

„Mein Chef hat mir verboten, dich weiterhin zu treffen!", gibt er notgedrungen zu.

„WAS? Warum das denn? Kann er dir vorschreiben, mit wem du dich privat triffst?", fragt Noreen ungläubig.

„Nein! Aber einer der Paparazzi, die vor deinem Haus rumlungern, hat uns fotografiert. Zusammen mit einer vertraulichen Information von Herrn Gross hat die Zeitung einen schönen Artikel gebastelt, der meinem Chef ziemlich gegen den Strich geht", erläutert er die Reaktion seines Vorgesetzten.

„Heißt das, dass wir uns nicht mehr sehen dürfen?", flüstert Noreen fassungslos.

„Nein, verdammt! Das heißt es nicht! Ich komme zu dir, jetzt!", antwortet Rick und legt im nächsten Moment auf.

Soll doch Schröder toben, wie er will! Er lässt sich von ihm nicht verbieten, die Frau, die sein Herz zum ersten Mal seit drei Jahren berührt, zu sehen.

Er schnappt sich den Autoschlüssel und stürmt aus seiner Wohnung.

Eine gefühlte Ewigkeit später klingelt er an Noreens Tür. Der mittlerweile reparierte Summer öffnet die schwere Eingangstüre.

Zwei Stufen gleichzeitig nehmend hetzt er in den ersten Stock hinauf. Noreen wartet bereits in der geöffneten Tür. Ohne unnötige Worte fallen sie sich in die Arme. Küssend stolpern sie ins Wohnzimmer, von wo sie sich wenig später engumschlungen ins Schlafzimmer zurückziehen.

## Kapitel 25

Zügig zerrt Max die bewusstlose Frau durch die Sitze nach hinten, in den Frachtraum seines Transporters. Die große Tasche sowie ihren nassen Schirm wirft er dabei achtlos in die Ecke. Er verbindet ihr die Augen und fesselt Hände sowie Füße mit Kabelbindern. Anschließend setzt er sich zurück auf den Fahrersitz, startet den Motor und fährt zurück in den Norden Münchens.

Anfangs hatte er Sorge, einen geeigneten Zeitpunkt für die Entführung der hübschen Nele zu finden.

Gestern, auf einem von Neles Ausflügen, hat er jedoch seine einzigartige Chance erkannt. Er folgte ihr von Schwabing aus mit der U-Bahn bis in den Münchner Süden. Von dort fuhr sie mit dem Bus bis Neuried. Er war stets bemüht, sein Gesicht durch eine Baseballkappe sowie eine aufgeschlagene Zeitung zu verdecken. Vor dem Anwesen ihres Kunden hätte sie ihn beinahe entdeckt. In der verlassenen Straße hielten sich zu diesem Zeitpunkt keine anderen Personen auf. Spontan versteckte er sich in einem Gebüsch unweit des Gartentors. Als Nele sich wenig später von dem

Kunstliebhaber verabschiedete, hörte er die entscheidenden Worte.

„Gut, Frau Meier! Dann bringen Sie mir morgen Nachmittag die Bilder vorbei? Ich freue mich darauf", sagte der freundliche Mann.

„Ich freue mich auch, dass Sie solch ein Interesse an meiner Kunst haben! Ich komme auf jeden Fall persönlich, um Ihnen die Gemälde zu überreichen!", verabschiedete sich Nele freudestrahlend.

Somit musste Max heute nur noch an der U-Bahn-Station auf Neles Ankunft warten. Erfreut blickte er dem einsetzenden Regen entgegen. Er griff in das Handschuhfach, zog ein Taschentuch sowie die kleine Flasche mit Äther hervor und präparierte das Tuch. Anschließend steckte er den dünnen Stoff in eine kleine Plastiktüte, verschloss sie und legte sie griffbereit in die Ablage der Fahrertür.

Eigentlich wollte er mehrere Tage warten, bis er die nächste Frau zu sich holt. Seine Kollegen werden langsam misstrauisch, weil er sich tagelang krankmeldet. Jedoch konnte er diese einmalige Gelegenheit nicht ungenutzt verstreichen lassen. Er wird einfach tagsüber arbeiten und sich abends um seinen neuen Gast kümmern.

Sein Glaube an die Fähigkeiten der Ehemänner ist nach wie vor ungebrochen. Er hofft so sehr, dass er bald mit dem Morden aufhören kann, um seine Vergebung zu erlangen.

# Kapitel 26

Durch das laute Grollen eines herannahenden Gewitters wird Noreen geweckt. Langsam öffnet sie die Augen und blickt direkt auf Ricks muskulösen Oberkörper. Lächelnd stützt sie sich auf ihren Ellbogen, um den Anblick des schlafenden Mannes neben ihr zu genießen.

Sie muss ihm jetzt endlich sagen, dass sie schwanger ist. Umso länger sie es vor sich herschiebt, desto schwieriger wird es!

Ein penetranter Klingelton reißt sie aus ihren Überlegungen. Schlagartig ist Rick wach, setzt sich auf und greift nach seinem Handy.

„Silver", meldet er sich mit kratziger Stimme.

„Morgen Rick! Ich stehe vor deiner Tür, um dich abzuholen, aber offensichtlich bist du nicht zu Hause", bemerkt Tim gelassen.

„Ich bin bei Noreen. Was ist los?", will Rick neugierig wissen.

„Dann zieh dich mal schnell an und schwing deinen hübschen Arsch nach Schwabing. Wir haben ein neues Opfer!", erklärt er seinem Kollegen.

Rick steckt sein Handy zurück in seine Hose, welche vor ihm am Boden liegt. Anschließend dreht er sich zu Noreen um, die abwartend neben ihm im Bett sitzt.

„Ist etwas passiert?", fragt sie unruhig.

„Er hat erneut zugeschlagen!", klärt er sie leise auf. Im nächsten Moment steht er auf, greift nach seinen einzelnen Kleidungsstücken und hetzt ins Badezimmer. In Rekordzeit duscht er sich und erscheint wenig später angezogen im Wohnzimmer. Noreen steht bereits vollständig bekleidet vor ihm.

„Fährst du zu dem Ehemann? Kann ich mitkommen? Vielleicht klappt es dieses Mal", schlägt sie bittend vor.

Rick denkt an die Worte seines Chefs. Schröder meinte, wenn der Dienstweg eingehalten werde, könne Noreen erneut als Beraterin zu einem Fall hinzugezogen werden. Der offizielle Weg führt jedoch zuerst zum Chef und dann zum Ehemann des Opfers. Allerdings ist er kein Freund von langen bürokratischen Verfahren, er steuert stets lieber den direkten Weg zum Ziel an.

„In Ordnung! Wir versuchen es!", teilt er ihr kurz mit.

Gemeinsam verlassen sie die Wohnung, um sich mit Tim an der vereinbarten Adresse zu treffen.

Schneller als erhofft erreichen sie das Wohnhaus in Schwabing. Da der Regen wiedereingesetzt hat, wartet

Tim in seinem Auto auf das Erscheinen des Kollegen. Nach einer kurzen Begrüßung, die seitens des Jüngeren von einem wissenden Grinsen begleitet ist, steigen sie die Treppe in das Dachgeschoss des vierstöckigen Hauses hinauf.

Während der verzweifelte Ehemann unruhig vor ihnen auf- und abläuft, stehen die Besucher abwartend im Atelier des Opfers.

„Herr Meier! Sie wollten uns zeigen, woran Ihre Frau gerade arbeitet!", erinnert Rick den aufgewühlten Ehemann.

„Richtig! Ich bin nur … etwas durcheinander. Entschuldigen Sie!", versucht Jan Meier seine Verwirrtheit zu erklären.

Während Rick und Tim weitere Fragen an den Ehemann des Opfers stellen, schaut Noreen sich in dem übersichtlichen Atelier um. Ihr gefällt, was sie sieht. Die Werke bestehen stets aus höchstens drei Farben, die geschickt auf die Leinwand gebracht wurden. Die Künstlerin hielt sich dabei an runde Formen, Kreise, Wellen und Schwingungen. Eckige Gebilde oder Kanten sucht man vergebens auf ihren Gemälden. Ohne zu überlegen, hebt Noreen eines der am Boden stehenden Bilder auf, um es näher zu betrachten. In dem Moment, als sie es in ihren Händen hält, spürt sie die Veränderung. Das bekannte, weiße Licht nimmt ihr schlagartig die Sicht. Sie bleibt ruhig stehen, um die anrollende Vision zu betrachten.

Langsam löst sich die dichte Wand auf. Vor ihren Augen erscheint ein Mann. Er steht mit dem Rücken zu ihr vor einem Tisch, auf dem eine Frau liegt. Im Hintergrund erkennt sie Holzlatten. Bevor sie sich richtig auf die Szene konzentrieren kann, blendet das grelle Licht sie aus.

Ihr Blick fällt auf das in blauen Farben gehaltene Gemälde, welches sie in Händen hält. Langsam stellt sie es ab. Sie dreht sich um und schaut Rick in die Augen. An ihrem Ausdruck erkennt er sofort, dass etwas nicht stimmt.

„Was hast du, Noreen? Stimmt was nicht?", will er besorgt wissen.

„Ich habe sie gesehen", teilt sie den Anwesenden mit. „Ich habe Ihre Frau gesehen! Sie lebt!", wendet sie sich an den überraschten Ehemann.

Nachdem Rick Herrn Meier über Noreens Fähigkeiten aufgeklärt hat, fordert er sie auf, ihm alle Einzelheiten zu erzählen.

„Ich sah einen großen Mann, er stand mit dem Rücken zu mir. Vor ihm lag eine Frau. Ich konnte ihr Gesicht nicht erkennen, aber ich vermute, dass es Nele war. Sie befindet sich in einem Keller oder einem Gebäude, das Kellerabteile hat", berichtet sie ausführlich.

„Was hast du noch gesehen? Wie sah der Mann aus? Gab es in dem Raum sonst irgendwelche

Hinweise, wo er sich befinden könnte?", hakt Rick ungeduldig nach.

„Es war einfach zu kurz! Ich konnte nicht genug erkennen!", erklärt sie bedauernd.

Nick greift nach einem der herumstehenden Bilder und drückt es Noreen in die Hand.

„Versuch es noch einmal! Vielleicht siehst du dann mehr", fordert er sie ungeduldig auf.

Mit dem Kunstwerk in den Händen schüttelt Noreen traurig den Kopf. „So funktioniert das nicht! Ich kann es nicht auf Befehl! Die Vision kommt, wann sie will, nicht wann ich sie mir wünsche!"

Behutsam richtet sie sich an den erstaunten Ehemann. „Herr Meier, haben Sie irgendetwas, das Ihre Frau persönlich geschrieben oder gezeichnet hat, was ich mitnehmen kann? Möglicherweise schaffe ich es erneut, sie in einer Vision zu sehen."

Jan Meier geht zu einem mit Ordnern überladenen Schreibtisch, sucht kurz und zieht wenig später ein kleines Notizbuch hervor.

„Das ist das Skizzenbuch meiner Frau. Sie hat ihre spontanen Eingebungen gerne auf Papier festgehalten", erzählt er in Gedanken versunken.

„Vielen Dank! Wir melden uns, sobald wir Näheres wissen", sagt Rick und verabschiedet sich mit einem freundlichen Händedruck.

Zurück auf der Straße geht Tim zu seinem Auto. „Wir treffen uns im Büro", ruft er Rick zu, bevor er einsteigt und einen Moment später die Straße hinunter rast.

„Ich glaube, es ist sinnvoll, wenn du mit zu meinem Chef kommst. Nachdem du uns jetzt aktiv bei den Ermittlungen helfen kannst, sollte ich mir sein offizielles Einverständnis holen", meint Rick.

„Heißt das, ich hätte gar nicht mitgehen dürfen?", will Noreen entsetzt wissen.

„Eigentlich nicht! Normalerweise muss ich erst die Erlaubnis einholen, eine dienstfremde Person mit zu einer Befragung zu nehmen", klärt er sie auf.

„Aber bei Herrn Gross war ich doch auch dabei", stellt sie nüchtern fest.

„Da war Tim auch ein fleißiger Bürokrat und hat die erforderlichen Genehmigungen vorher eingeholt. Dieses Mal satteln wir das Pferd von hinten auf. Das wird schwieriger, als es sich anhört. Du kennst meinen Chef nicht!", warnt Rick vorsorglich.

Einige Zeit später sind sie in der Innenstadt und fahren die Rosenstraße entlang.

„Kannst du kurz an der Apotheke anhalten? Ich muss nur schnell mein Rezept einlösen"

„Bist du krank?", fragt Rick besorgt.

*Jetzt wäre die Chance, ihm die Wahrheit zu sagen! Aber hier? Im Auto, auf dem Weg zur Dienststelle?*

„Nein! Ich brauche nur neue Migränetabletten. Nichts Ernstes!", beruhigt sie ihn überzeugend.

Noreen springt aus dem Wagen und hetzt in die große Apotheke an der Ecke. Einige Minuten später verlässt sie das Geschäft mit einer kleinen Tüte in der Hand, welche sie möglichst beiläufig in ihre Handtasche steckt.

# Kapitel 27

Als sie das Büro des Vorgesetzten betritt, fühlt Noreen sich augenblicklich in ihre Schulzeit zurückversetzt. Obwohl es nur einmal vorkam, dass sie zum Rektor ins Zimmer gerufen wurde, wird sie ihr Leben lang dessen wütenden Gesichtsausdruck nicht vergessen. Gemeinsam mit ihrer damals besten Freundin Diana ignorierte sie gelegentlich die Hausordnung der Schule. Dabei waren die beiden sechzehnjährigen Mädchen nicht die Einzigen, die auf der Toilette verbotenerweise rauchten. Leider waren sie aber die Einzigen, die durch ihr unvorsichtiges Verhalten einen Karton mit Toilettenpapier in Brand steckten und somit einen Großalarm bei der Feuerwehr auslösten. Dass sie als Täterinnen entlarvt wurden, verdankten sie dabei Miriam, einer Mitschülerin, die ihre Beliebtheit nicht gerade dadurch steigerte, dass sie Misstaten der Klassenkameraden verpetzte, um bei den Lehrern Pluspunkte als Vorzeigeschülerin zu erhalten.

Noreen hatte keine Vorstellung von Ricks Chef, aber das Bild, das sich ihr jetzt bietet, lässt sie regelrecht im Erdboden versinken. Mit vor Zorn gerötetem Gesicht brüllt er Rick an.

„Sind Sie von allen guten Geistern verlassen? Was fällt Ihnen ein, eine Außenstehende zu einer dienstlichen Befragung mitzunehmen? War ich voriges Mal nicht deutlich genug? Haben Sie eine Ahnung, was Herr Meier gegen uns unternehmen könnte, wenn er wollte?“

„Warum sollte er etwas dagegen haben, dass Frau Richter dabei war?“, lenkt Rick unschuldig ein.

„Ich habe Sie das letzte Mal gewarnt, Rick! Nach der Geschichte mit der Presse sollten Sie vorsichtiger sein. Warum können Sie nicht *einmal* den vorgeschriebenen Dienstweg einhalten? Tim kann es doch auch!“, wirft er ihm vor.

„Ich frage Sie doch jetzt, ob Noreen, ich meine Frau Richter, uns unterstützen darf“, sagt Rick genervt.

„Kommen Sie mir nicht so! Und sparen Sie sich Ihr Augenverdrehen!“, faucht er mit erhobenem Zeigefinger.

„Herr Schröder?“, mischt Noreen sich mutig ein. „Darf ich auch etwas dazu sagen?“

Schlagartig beruhigt sich der aufgebrachte Dienstleiter ein wenig. Er schaut die hübsche Frau eindringlich an. „Ersparen Sie sich erniedrigende Betteleien! Wenn Ihre Visionen tatsächlich dazu beitragen können, den Fall zu lösen, dann werde ich

Ihnen selbstverständlich die Erlaubnis erteilen, an den Ermittlungen teilzunehmen."

„Danke, aber nichts liegt mir ferner, als zu betteln! Es war meine Schuld, dass ich heute ohne Ihre Erlaubnis bei der Befragung dabei war. Ich habe mich Herrn Silver aufgedrängt", erklärt sie betreten.

„Aufgedrängt? Wie auch immer Sie es nennen, was Sie mit meinem besten Ermittler da anstellen, schlussendlich muss er die Konsequenzen für sein Fehlverhalten tragen. Und jetzt macht euch endlich an die Arbeit, diesen Psychopathen zu finden!", sagt er mit Nachdruck.


Zügig verlassen sie das Zimmer.

„Puh! Noch mal gutgegangen, oder?", bemerkt Noreen erleichtert.

„Wenn du meinst! Sein Nachgeben ist nur die Ruhe vor dem Sturm. Er wird mir noch lange unter die Nase reiben, welchen Gefallen er mir getan hat. Das kostet mich wahrscheinlich einige Überstunden und Nachtschichten", antwortet Rick ehrlich.

„Ich glaube, er meint es nicht so! Er will vor dir nur den Boss raushängen lassen."

„Zu dir war er ja auch nett! So ist Schröder nun einmal! Ich kenne ihn gar nicht anders. Komm, ich zeig dir mein Büro", sagt Rick, während er Noreen an der Hand nimmt.

Als die beiden wenig später das Zimmer betreten, sitzt Tim an seinem Schreibtisch und hält eine Kopie des neuen Drohbriefes in seinen Händen.

„War es schlimm?", will er von seinem Kollegen wissen.

„Geht so! Ich glaube Noreens Anwesenheit hat mich vor dem Schlimmsten bewahrt", gibt er erleichtert zu. „Hast du die Briefe schon verglichen?"

„Gerade eben! Nur der letzte Satz ist anders. *Du musst dich mehr bemühen!*", antwortet Tim, während er Rick den Brief überreicht.

Erneut überfliegt er die Zeilen des Entführers.


Ruf deine Frau,
und stelle fest, sie ist weg. Es ist dein
persönliches Versagen und dein
privater Verlust. Die
rastlose Suche nach ihr
endet in 2,8 Tagen. Panik und
Chaos entstehen in deinem Kopf.
Hast du sie rechtzeitig gefunden, entgeht sie dem
Tod.


- Du musst dich mehr bemühen! -

„Hört sich so an, als wäre das eine Aufforderung, genauer zu forschen! Der Täter weiß doch sicher, dass die Ehemänner die Polizei einschalten. Vielleicht ist das ein Hinweis für uns?", überlegt Rick laut. „Hast du den Arzt und die Bekannten der Opfer verglichen?"

„Keine Übereinstimmung. Verschiedene Stadtteile, verschiedene Freunde, die Opfer sind sich vermutlich niemals über den Weg gelaufen", erklärt Tim resigniert.

„Vielleicht waren sie bei der Volkshochschule, beim Yogakurs oder sie haben alle im gleichen Geschäft eingekauft?", schlägt Noreen vor.

„In Kursen oder Sportvereinen waren sie nicht, beziehungsweise nicht in den gleichen. Wie willst du rausfinden, in welchen Läden sie shoppen waren? Das wissen vermutlich nicht einmal die Ehemänner so genau!", stellt Tim entmutigend fest.

„Was ist mit dem Briefumschlag?", will Rick wissen.

Tim greift nach einer weiteren Kopie und reicht sie Rick.

„Das Original wird, wie auch der Brief, gerade nach Fingerabdrücken untersucht", sagt er beiläufig.

Rick betrachtet die Schrift, welche in großen Buchstaben den Namen des Ehemannes nennt. Wie schon beim ersten Kuvert befinden sich auch hier drei kleine Aufkleber auf der Vorderseite. Ein Falke, eine Rose sowie Lavendel.

„Mich lässt das Gefühl nicht los, dass die Bilder etwas bedeuten. Sie sollen uns auf irgendetwas hinweisen. Tim, setz dich an den Computer und finde raus, was das für Pflanzen und Tiere sind und wo man sie findet. Wenn du im Netz nicht fündig wirst, dann fahr in den Botanischen Garten und frag jemanden, der Ahnung davon hat. Die Zeit spielt gegen uns!", weist er seinen Kollegen an.

„Soll ich dich nach Hause fahren?", wendet Rick sich an Noreen.

„Ich würde euch ja gerne helfen, aber ich weiß nicht wie", gibt sie betrübt zu.

„Versuch einfach, erneut eine Vision zu bekommen und dabei möglichst viele Informationen zu erhalten."

„Ich weiß nicht einmal, ob es ein zweites Mal gelingt!", meint sie niedergeschlagen.

„Wie läuft das ab, kannst du es mir erklären? Kannst du es steuern? Was hörst oder siehst du dabei?", bohrt Rick nach.

„Es passiert einfach. Ich höre keine Geräusche, sehe nur die Bilder vor mir."

„Wie Fotos? Oder wie ein Film?"

„Wie in einem Film. Ich stehe als Unbeteiligte dabei und sehe zu, wie es passiert! Ich kann meinen Blickwinkel nicht beeinflussen, aber es ist mir möglich, dass ich mich umsehe. Ich meine … ich habe keinen Tunnelblick auf etwas Bestimmtes gerichtet, sondern ich kann das gesamte Bild ansehen und nach Hinweisen durchsuchen", erklärt sie ausführlich.

„Gut! Versuch es doch noch mal! Vielleicht klappt es mit dem Notizbuch", schlägt Rick hoffnungsvoll vor.

Noreen zieht das Buch aus ihrer Handtasche, öffnet es und fährt mit dem Finger über eine der Zeichnungen. Nichts passiert!

„Es geht nicht auf Befehl!", sagt sie traurig.

„Lass dir Zeit! Aber, falls du wieder eine Vision hast, dann präge dir so viele Details wie möglich ein", ermutigt Rick sie.

„Vielleicht sollte ich doch lieber nach Hause fahren. Morgen geht die Schule wieder los, da müsste ich noch einiges vorbereiten."

„Ich fahre dich", erklärt Rick umgehend.

„Nein! Ich kann mit der S-Bahn fahren. Du hast hier genügend Arbeit, ich will dich nicht aufhalten", erwidert sie abwehrend.

Liebevoll zieht er Noreen zu sich und gibt ihr einen zärtlichen Kuss auf die Lippen. „Du hältst mich nicht auf. Ich würde nichts lieber tun, als dich nach Hause zu fahren", flüstert er ihr zu.

In diesem Moment klingelt sein Handy.

„Silver!", meldet er sich energisch.

Nachdem er einen Augenblick den Worten des Anrufers lauscht, fällt sein bedauernder Blick auf Noreen. „Sorry, aber ich muss …"

„Schon gut! Mach du deine Arbeit! Wir sehen uns später!", unterbricht sie ihn lächelnd. Nach einem letzten flüchtigen Kuss verlässt sie sein Büro.

# Kapitel 28

Max sitzt an seinem Computer und schickt die eben geschriebene Email los. Ein Stammkunde hat für heute Abend zugesagt. Er ist der einzige Mann, der bereits bei Silke sowie bei Caroline seine Lust befriedigen durfte. Bei den anderen Interessenten ist Max äußerst vorsichtig, wenn sie ein zweites Mal die von ihm angebotenen Frauen benutzen wollen. Der heutige Kunde ist ein bekannter Politiker, bei dem sich Max gewiss sein kann, dass er kein verdeckter Ermittler ist. Für den Prominenten wäre es weitaus gefährlicher, in solch einer Situation ertappt zu werden, als für Max.

Sein Blick fällt auf die Wand vor ihm. Er betrachtet seine Frau, die ihn stets mit dem gleichen liebevollen Lächeln anstrahlt. Daneben befinden sich mittlerweile drei Fotos sowie Namen und Daten der entführten Frauen.

Vielleicht würde sich sein Hass gegen den Mörder seiner Frau richten, wenn dieser noch flüchtig wäre. Aber bereits zwei Wochen nach Annas Tod wurde ein zwanzigjähriger Arbeitsloser geschnappt, dessen DNA zu den bei Anna gefundenen Spuren passte. Er stritt die Vergewaltigung nicht ab, beharrte aber auf der Aussage, dass der Messerstich nicht beabsichtigt war. Seine Behauptung, es handele sich um einen Unfall, wurde bei der Bemessung der Strafe seitens des Richters nicht berücksichtigt. Er wurde zu fünfzehn Jahren Haft verurteilt.

Max war bei der Verhandlung anwesend. Er sah dem jungen Mann in die Augen und erkannte die kindliche Verzweiflung, die aus ihnen sprach. Obwohl der Täter für sein Verbrechen büßen muss, gelingt es Max nicht, mit dem Schicksal seiner Frau abzuschließen.

Wenn er rechtzeitig nach Hause gekommen wäre, dann wäre das alles nicht passiert!

***

Max besucht mit zwei seiner Kollegen einen Kongress in Hamburg. Er arbeitet als Chemielaborant in einer bekannten deutschen Firma, in welcher er auch Anna zwei Jahre zuvor kennen und lieben lernte. Am Abend des zweiten Tages sitzt er in seinem Hotelzimmer und telefoniert mit seiner Frau.

„Geht es euch gut?", will er besorgt wissen.

„Alles in Ordnung! Die Übelkeit ist glücklicherweise vorbei und ich freue mich, morgen endlich wieder zum Yoga gehen zu können", antwortet sie glücklich.

„Ich ruf dich morgen früh, bevor wir losfahren, noch einmal an. Ich hol dich auf jeden Fall am Abend ab. Ich vermisse dich!", versichert Max sehnsüchtig.

„Aber ich kann auch mit dem Taxi fahren, oder Julia fragen, ob sie mich nach Hause bringen kann", bietet Anna an.

„Ich möchte dich aber abholen! Wir schaffen das leicht, von der Zeit her! Sollte etwas dazwischen kommen, melde ich mich bei dir!", erwidert Max nachdrücklich.

Am nächsten Morgen versichert er seiner Frau erneut, dass er sie am Abend pünktlich in Obersüßbach abholen wird. Anschließend steigt er zu seinen beiden Kollegen ins Auto. Die Rückfahrt von Hamburg dauert bei normalem Verkehr etwa acht Stunden, somit hat er nach seiner Ankunft noch vier Stunden Zeit, bis der Yoga-Kurs seiner Frau zu Ende ist.

Kurz vor Nürnberg, also gerade noch eine Stunde von zu Hause entfernt, stecken sie plötzlich in einem Stau fest. Eine Massenkarambolage erstreckt sich über mehrere hundert Meter über die gesamte Fahrbahn. Die Autobahn wird gesperrt und der Verkehr umgeleitet. Allerdings bringt das Max und seinen Kollegen keinen Vorteil, da sie bereits Stoßstange an Stoßstange zwischen den wartenden Fahrzeugen feststecken.

Mit schlechtem Gewissen wählt Max die Handynummer seiner Frau. Ein Blick auf seine Uhr verrät ihm, dass Anna vermutlich gerade fröhlich mit ihrer Freundin Julia zusammensitzt, bevor sie gemeinsam zum Yoga gehen.

Es klingelt einmal, zweimal, dreimal. Dann springt die Mailbox an. Genervt legt er auf. Einige Minuten später versucht er es erneut. Wieder springt nur die Mailbox an, auf welcher er nun jedoch seine Nachricht hinterlässt, damit Anna sie später abhören kann.

„Schatz! Wir stecken im Stau fest! Falls ich es nicht bis zehn Uhr schaffe, nimm dir bitte ein Taxi oder frag Julia, ob sie dich nach Hause fahren kann", teilt er bedauernd mit.

Zwei Stunden später schaffen sie es endlich, mit dem sich auflösenden Stau zurück zur letzten Ausfahrt zu kommen, wo sie sich über die verstopfte Landstraße in Richtung Heimat begeben.

Gegen halb elf ist Max endlich zu Hause. Er schließt die Haustüre auf und bemerkt sofort, dass das Haus verlassen ist. Erneut greift er zu seinem Handy und wählt Annas Nummer. Einen Moment später hört er aus der Küche den bekannten Klingelton. Überrascht folgt er dem Signal und entdeckt das Handy seiner Frau auf dem Tisch.

*Verdammt! Wenn sie ihr Handy vergessen hat, dann weiß sie nicht, dass ich sie nicht abholen kann!*

Besorgt schnappt er sich seinen Autoschlüssel und stürmt aus dem Haus.

Während der fünfzehnminütigen Fahrt nach Obersüßbach wechseln sich seine Gefühle im Minutentakt ab. Von Besorgnis über Wut bis hin zu Verzweiflung ist alles dabei. Verärgert ruft er Julia an.

„Hi Julia! Weißt du, wie Anna nach Hause kommen wollte?", fragt er aufgeregt.

„Du wolltest sie doch abholen!", entgegnet Julia verwirrt.

„Richtig! Aber ich habe mich verspätet und sie hat ihr Handy zu Hause liegen lassen", gibt er zu.

„Ich habe keine Ahnung! Sie wird sich ein Taxi genommen haben", vermutet Julia.

„Warum hast du sie nicht nach Hause gebracht? Was bist du für eine Freundin, wenn du sie mitten in der Nacht alleine in der Einöde stehen lässt?", faucht er die Frau am Ende der Leitung an.

„Spinnst du? Ich wollte sie fahren, aber Anna hat ausdrücklich darauf bestanden, auf dich zu warten. Was kann ich dafür, wenn du so unzuverlässig bist?", wirft sie ihm an den Kopf. Anschließend legt sie wütend auf.

Max tritt aufs Gaspedal. Nach dem soeben geführten Gespräch steigt seine Sorge ins Unermessliche.

Wenig später erreicht er das geschlossene Gemeindezentrum. Voller Unruhe steigt er aus und schaut sich um. Weit und breit ist niemand zu sehen. Angespannt geht er den Weg entlang, der zur Hauptstraße führt. „Anna?", ruft er leise. In seinem Innern breitet sich ein ungutes Gefühl aus. Es ist Panik, gemischt mit grenzenloser Angst. Konzentriert lauscht er den Geräuschen. Er hört aber lediglich das Rauschen des kleinen Baches, welcher sich zu seiner rechten Seite, unterhalb des Gebüsches, entlangschlängelt.

Einige Meter weiter versucht er es erneut. „Anna?" Und plötzlich hört er etwas. Augenblicklich verharrt er in seinem Schritt und konzentriert sich auf das leise Scharren zu seiner Rechten. Im nächsten Moment stürmt er durch das Gebüsch den kleinen Abhang hinunter. Dort liegt sie! Mit verbundenen Händen, die Augen sowie der Mund zugeklebt. Ihre Beine zucken unkontrolliert im hellen Kies.

„Anna!", schreit er verzweifelt, während er neben ihr auf Knie fällt. Seine schlimmsten Befürchtungen sind wahr geworden.

„Mmmhhh!", versucht Anna sich bemerkbar zu machen.

Mit einem Ruck entfernt Max den Klebestreifen von ihrem Mund, anschließend zieht er vorsichtig das Tape von ihren Augen. Nachdem er mit zittrigen Händen den Notarzt alarmiert hat, zieht er Anna zu sich heran.

„Max", wispert Anna schwach. „Wo warst du?"

„Es tut mir leid, mein Schatz! Halte durch, der Notarzt kommt gleich!", bettelt er mit Tränen in den Augen. Sein Blick wandert über ihren Körper, bleibt an dem blutgetränkten Shirt hängen.

„Mir ist so kalt", nuschelt Anna leise.

Max nimmt sie in den Arm, um sie zu wärmen. Behutsam wiegt er sie vor und zurück, bis die eintreffenden Ärzte ihn von ihr wegziehen.

Sie können nur noch den Tod der schwangeren Frau feststellen.

# Kapitel 29

Noreen bereitet alles für den ersten Schultag nach den Ferien vor. Als sie die Aufsätze der Kinder in den Händen hält, erinnert sie sich an Lukas. Traurig, aber zugleich erleichtert, steckt sie die Hefte in ihre Tasche. Anschließend setzt sie sich mit einem belegten Brot in der Hand aufs Sofa. Dabei fällt ihr Blick auf das kleine Notizbuch, welches sie von Nele Meiers Ehemann bekommen hat. Neugierig hebt sie es auf, blättert darin, bis sie auf eine Skizze trifft, die sie auf eine unbeschreibliche Art und Weise anspricht. Sie kann nicht beschreiben was der Grund dafür ist, aber die Zeichnung übt eine unsagbare Anziehungskraft auf sie aus. Plötzlich blendet sie ein weißer Blitz, so hell, wie noch nie zuvor. Still verharrt sie in ihrer Bewegung, konzentriert sich vollkommen auf die langsam deutlich werdenden Bilder.

Noreen erkennt erneut den großen, kräftigen Mann, der mit dem Rücken zu ihr steht. Er trägt eine Jeans sowie eine dunkelblaue Sweatjacke. Seine Haare sind – er trägt eine Mütze! Eine schwarze Strickmütze, die seinen gesamten Kopf bedeckt. Ob sie Augenschlitze hat, kann sie nicht erkennen. Vor ihm liegt eine Frau mit dunklen Haaren – aber ihr Gesicht ist vom Körper des Mützenträgers verdeckt. Die Frau liegt auf einem Tisch, ihre Beine stehen in seitlichen Halterungen, wie sie beim Frauenarzt benutzt werden. Ihre Füße sind an der Halterung fixiert. Obwohl sie keine Stimmen hört, kann Noreen sich vorstellen, dass die Frau redet oder schreit. Ihre Beine bewegen sich unaufhaltsam. Obwohl in Noreen Übelkeit aufsteigt, versucht sie, sich möglichst viele Details einzuprägen.

Die Knie des Opfers sind aufgeschürft und zeigen blutige Schrammen. Offensichtlich streicheln die Hände des Mannes über den Körper der Frau, was Noreen an den Bewegungen seiner Schultern und Oberarme erkennen kann. *Ich will das nicht sehen!* Sie spürt, wie sich ihr Magen langsam zusammenzieht. Trotzdem zwingt sie sich, den Raum weiterhin mit ihren Blicken zu scannen. Eine Petroleumlampe, die Holzgitter, ein kleiner Servierwagen mit verschiedenen Werkzeugen darauf. Plötzlich zieht der Maskierte seine Jeans nach unten, bis sein nackter Po zu sehen ist. Mit beiden Händen greift er an die Hüfte der Frau …

Im nächsten Moment erlöst die weiße Wolkenwand Noreen vor weiteren Bildern. Die Schleier lösen sich auf und geben Neles Zeichnung wieder frei.

Mit der Hand vor dem Mund stürzt sie ins Badezimmer, um sich würgend zu übergeben.

Nachdem sie ihren Mageninhalt vollständig entleert hat, kehrt sie zurück ins Wohnzimmer. Entsetzt blickt sie auf das Skizzenbuch vor sich. Die einzelnen Bilder bahnen sich erneut einen Weg in ihr Gedächtnis. Schließlich setzt sie sich auf und greift zu ihrem Handy.

„Rick? Ich hatte eine Vision! Kannst du zu mir kommen?", fragt sie ohne Einleitung.

„Ich muss nur noch einige Recherchen beenden. Geht es dir gut?", fragt er besorgt.

„Was glaubst du denn? Hast du schon einmal bei einer Vergewaltigung zugesehen? Ich habe Angst, was da noch auf mich zukommt", erklärt sie verzweifelt.

„Warte bitte! Ich beeile mich! Dann können wir in Ruhe darüber reden."


Erst zwei Stunden später erscheint Rick in Noreens Wohnung. Neugierig setzt er sich neben sie.

„Was hast du gesehen? Konntest du irgendetwas erkennen, was uns Neles Aufenthaltsort verrät?", kommen seine ungeduldigen Fragen.

Langsam schüttelt Noreen den Kopf. „Kannst du mir erzählen, was dieser Typ mit den beiden anderen Frauen gemacht hat? Ich wäre gerne vorbereitet, falls ich ihm wieder dabei zusehen muss, wie er Nele vergewaltigt."

„Bist du dir sicher, dass du die Einzelheiten hören willst?", setzt Rick unsicher an.

„Nein! Aber ich befürchte, dass meine Visionen bei zu starken Emotionen schneller verschwinden! Deshalb muss ich vorbereitet sein, um möglichst lange dabei bleiben zu können!", stößt sie verzweifelt aus.

„In Ordnung. Bei Silke Bauer konnten vermutlich nicht mehr alle Misshandlungen festgestellt werden, da sie bereits zu lange im Wasser lag. Caroline Gross hatte Brandflecken an den Brüsten, den Kniekehlen sowie im Genitalbereich. Beide Frauen wurden mehrfach vergewaltigt – von verschiedenen Männern. Caroline war stark dehydriert, was darauf schließen lässt, dass sie nicht ausreichend zu trinken bekommen hat. Die Todesursache war jedes Mal ein tiefer Stich in den Unterleib. Da sie beide schwanger waren, verbluteten sie schneller, als eine Frau, die kein Kind im Körper trägt."

Schweigend sitzen sie nebeneinander, bis Rick schließlich die Stille unterbricht.

„Noreen? Kannst du mir jetzt erzählen, was du gesehen hast?", setzt er vorsichtig an.

Nachdenklich kehrt Noreen in sich. „Der Mann war groß und kräftig gebaut. Er trug Jeans und eine dunkelblaue Sweatjacke. Über seinem Kopf befand sich eine schwarze Strickmütze. Nele hatte aufgeschlagene Knie, die über zwei Halterungen lagen. Der Mann zog seine Hose herunter, packte sie an den Hüften und …", stoppt sie abrupt in ihrer Erzählung.

158

„Es tut mir leid, dass du das alles miterleben musstest. Hast du etwas von der Umgebung erkennen können?", will er mitfühlend wissen.

„Da waren Betonwände, ein Holztisch und eine Seite war mit Holzplanken versehen. So wie bei einem Kellerabteil. An der Wand hing eine Laterne, neben dem Tisch stand ein Servierwagen mit Rollen."

„Eine Laterne? Mit Glühbirne oder Petroleum?", hakt Rick nach.

„Ich glaube mit Petroleum, da das Licht geflackert hat", antwortet sie ruhig.

„Dann gibt es dort keinen Strom! Er muss sich in einem Abrisshaus oder einem Bunker befinden", denkt Rick laut.

„Das bringt euch nicht viel, stimmt's?", flüstert Noreen bedauernd.

„Doch! Es bringt uns eine ganze Menge! Wenn wir erst alle Puzzleteile zusammengetragen haben, werden uns auch deine Hinweise etwas sagen." Rick legt sein Notizbuch zur Seite, in welchem er sich Stichpunkte von Noreens Aussage notiert hat.

„Können wir über etwas Anderes reden? Etwas das mich ablenkt?", bittet Noreen zaghaft.

„Über was willst du reden?", ermutigt er sie.

*Über uns! Über meine Schwangerschaft!*

„Erzähl mir von dir! Wie kommt es, dass du Rick Silver heißt? Ist das nicht ein englischer Name?", will sie neugierig wissen.

„Mein Vater war Amerikaner", antwortet er ohne nähere Erklärung.

„Und?"

„Was und?", fragt er verwundert.

„Muss ich dir jedes Wort aus der Nase ziehen? Warum ist er nach Deutschland gekommen? Wo ist er jetzt? Was macht er?", zählt sie ungeduldig auf.

„Er wurde erschossen!", kommt die prompte Antwort.

Entsetzt schaut Noreen auf den Mann neben sich. Bevor sie nachhaken kann, erzählt er weiter.

„Meine Mutter ging als Au-pair-Mädchen nach Amerika. Dort lernte sie meinen Vater kennen. Sie verliebten sich, heirateten und zwei Jahre später kam ich zur Welt. Mein Dad war mein Held! Er arbeitete beim New York Policedepartment. Eines Tages, ich war gerade mal neun Jahre alt, kam es bei einem seiner Einsätze zu einem Zwischenfall. Er hat eine Frau und deren Kind vor ihrem gewalttätigen Ehemann befreit und bekam zum Dank eine Kugel in den Rücken. Er hat sich schützend vor die beiden gestellt, als er sie in Sicherheit brachte. Der wütende Ehemann zog seine Schrotflinte und schoss. Mein Dad starb drei Tage später im Krankenhaus. Für meine Mutter brach eine Welt zusammen. Sie packte ihre Sachen und wir zogen zurück nach Frankfurt, wo sie ihre Familie hatte. Ein paar Jahre später ging ich auf die Polizeischule, da dies der einzige Beruf war, der mich interessiert hat. Ich wollte so werden wie mein

160

Vater! Meine Mutter hat es mir nie verziehen, dass ich mein Leben aufs Spiel setze, um anderen Menschen zu helfen. Vor fünf Jahren starb sie. Die Ärzte sagen, es war ein Herzinfarkt, aber ich bin überzeugt, dass sie an gebrochenem Herzen gestorben ist. Sie hat es nie überwunden, ihre große Liebe auf so tragische Weise verloren zu haben."

Noreen sitzt neben ihm und kann nur schwer ihre Tränen zurückhalten.

„Hast du noch mehr so traurige Geschichten auf Lager?", kritisiert sie ihn.

„Ich habe es mir nicht ausgesucht, wie mein Leben bisher verlaufen ist. Ich glaube, es gibt Menschen, die in ihrer Umgebung so viel negative Energie verteilen, dass die Personen, die man liebt, einfach sterben", sinniert er traurig.

„So ein Quatsch! Daran darfst du nicht einmal denken! Sonst dürftest du dich ja nie wieder verlieben!", wirft sie ihm vor.

„Habe ich auch lange nicht mehr! Du bist die erste Frau seit Sarah, für die ich mehr als Freundschaft empfinde", gibt er bedrückt zu.

Liebevoll schaut sie ihm in die Augen, erkennt seine Aufrichtigkeit und die Sehnsucht, die er versprüht. Zärtlich streicht sie ihm über die Wange, berührt seine sinnlichen Lippen.

Langsam beugt sich Rick zu ihr, küsst sie leidenschaftlich und verlangend. Schließlich trägt er

sie ins Schlafzimmer, wo beide erst spät in der Nacht
ein paar Stunden erholsamen Schlaf finden.

# Kapitel 30

Während Noreen am nächsten Morgen in die Schule fährt, trifft Rick im Büro auf Tim, der bereits grübelnd über den beiden Briefen des Täters sitzt.

„Hast du wegen den Bildern etwas herausgefunden?", will Rick neugierig wissen.

„Bei den Pflanzen handelt es sich um Salbei, Fingerkraut, Essig-Rose und Lavendel. Die Tiere sind ein Schmetterling und ein Turmfalke", antwortet Tim pflichtbewusst.

„Super! Das hätte ich auch erkannt! Und was bedeutet das jetzt konkret?", hakt Rick nach.

„Du hättest erkannt, dass es sich um eine Essig-Rose handelt? Das glaube ich kaum!", zieht Tim seinen Kollegen auf.

„Jetzt lenk nicht vom Thema ab! Wo gibt es das Zeug?", drängt Rick ungeduldig.

„Die Pflanzen wachsen meist in Naturschutzgebieten. Die Tiere gibt es fast überall in den ländlichen Gegenden", antwortet Tim wenig begeistert.

„Also eine Sackgasse? Glaubst du, der Täter klebt nur aus Spaß kleine Bildchen auf die Umschläge?", fragt Rick ungläubig.

„Vielleicht mag er es gerne bunt?"

„Oder es befindet sich was unter den Bildern! Wo sind die Originale?", schreckt Rick hoch.

„Den ersten Brief habe ich hier, der zweite ist noch bei der daktyloskopischen Untersuchung", teilt Tim schnell mit.

„Die finden da sowieso keine Fingerabdrücke des Täters. So dumm ist der nicht! Gib mal den ersten Umschlag her", fordert er den Jüngeren auf.

Vorsichtig macht Rick sich mit einer Pinzette daran, den Schmetterlings-Aufkleber zu entfernen. Eine dünne Schicht des Papiers löst sich vom Umschlag.

„Und? Siehst du was?", will Tim ungeduldig wissen.

„Nein! Zumindest nicht mit bloßem Auge!"

„Ich glaube nicht, dass der Täter über die Technologie verfügt, etwas so mikroskopisch zu verkleinern, dass er es unter diesen winzigen Aufkleber bringt. Noch dazu sind die Hinweise für den Ehemann gedacht! Wer kommt da schon auf die Idee, *unter* den Schmetterling zu sehen?" stellt Tim trocken fest.

„Schon möglich, aber wir können auch nicht alle Naturschutzgebiete absuchen, die es im Umkreis gibt."

„Ich glaube eher, dass der Text irgendeine versteckte Botschaft enthält. Vielleicht ein Akronym?", schlägt Tim vor.

„Na, dann viel Spaß beim Rätseln! Es gibt unzählige Möglichkeiten für die Verschlüsselung eines Textes", gibt Rick zu bedenken.

„Du vergisst, dass der Täter *will*, dass die Frauen gefunden werden. Ich fange mal mit den offensichtlichsten Akronymen an. Erster Buchstabe jedes Wortes und jeder großgeschriebene Buchstabe", erklärt Tim wissend.

„Gut! Ich setze mich zwischenzeitlich noch mal mit den Ehemännern in Verbindung und versuche zu erfahren, in welchen Geschäften ihre Frauen eingekauft haben. Vielleicht bekommen wir da eine Übereinstimmung", sagt Rick wenig begeistert.

# Kapitel 31

Während Rick und Tim im Büro ihren Recherchen nachgehen, kommt Noreen gerade nach dem ersten Schultag nach Hause. Cornelius streicht schnurrend um ihre Beine, was sie daran erinnert, dass sie heute Morgen in der Eile vergessen hat, ihm Futter zu geben. Schnell öffnet sie den Küchenschrank, holt eine Dose Katzenfutter heraus und bleibt im nächsten Moment wie angewurzelt stehen…

Der weiße Schleier verzieht sich nur langsam, so dass der dunkle Kellerraum stückweise zum Vorschein kommt.

Dieses Mal betrachtet Noreen die Situation aus einer anderen Perspektive. Sie steht am Kopf der Frau, deren Hände mit Armbinden gefesselt sind. Ihre Beine liegen noch immer auf den seitlichen Halterungen. Neles Körper wird von einem weißen Laken bedeckt. Zwischen ihren Beinen steht der gleiche Mann wie das letzte Mal. Jetzt erkennt Noreen auch, dass die schwarze Strickmaske Schlitze für Augen und Mund hat. Selbst mit Abstand betrachtet sieht der Mann beängstigend aus. Angespannt versucht Noreen ihre Angst zu unterdrücken, um die Vision möglichst lange aufrecht zu erhalten. Der Mann hat seine Jeans wieder an, oder noch an, je nachdem, welchen Zeitabschnitt sie gerade beobachtet. Aus seiner Jackentasche holt er eine Packung Zigaretten und zündet sich eine davon an. Noreen erinnert sich an Ricks Worte sowie die Art der Misshandlungen. Langsam kriecht die Angst in ihr hoch. *Ruhig, du kannst es eh nicht ändern!* Nach zwei tiefen Zügen zieht der Maskierte das Laken ein Stück nach unten, gibt so Neles nackten Oberkörper frei. Noreen will nicht hinsehen, kann aber nur schwer ihren Blick abwenden. Nele bewegt sich, unruhig und ängstlich. Ihre Beine zucken in den Halterungen, als die Glut das erste Mal auf ihre weiße Haut trifft. Ihr Körper bäumt sich schmerzvoll auf. In diesem Moment ist Noreen froh, keine Geräusche in ihren Visionen wahrzunehmen. Sie sieht leichte Rauchschwaden aufsteigen, kann den Geruch des verbrannten Fleisches nur erahnen. Durch die Maske erkennt sie das erregte Lächeln des Täters. Im nächsten Moment drückt er die Glut erneut auf die makellose Haut. Angewidert wendet Noreen ihren Blick ab und betrachtet stattdessen die Rückseite des Raumes. Auch hier befinden sich Holzlatten anstatt einer Mauer. Sie kann nicht ausmachen, ob es noch mehrere Räume dieser Art in dem Gebäude gibt, da außerhalb des Radius der Laterne nur Dunkelheit umgebende Schwärze herrscht. Plötzlich sieht sie hinter dem Körper des Mannes eine weitere Gestalt. *Da steht doch noch jemand!* Sind es etwa zwei Täter?

Oder wartet der nächste Freier schon, um seine Lust an der wehrlosen Frau zu befriedigen?

Genauso schnell, wie die Vision aufgetaucht war, verschwindet sie auch wieder.

Noreen blickt auf die geöffnete Dose in ihrer Hand und hört das quälende Jammern ihres hungrigen Katers. Schnell füllt sie den Napf und hetzt anschließend zum Telefon, um Rick über ihre neuen Beobachtungen zu informieren.

# Kapitel 32

Max sitzt am Tisch seines leeren Gästezimmers und starrt erneut auf die Wand vor sich. Verzweifelt wendet er sich an seine verstorbene Frau.

„Anna! Was soll ich jetzt machen? Keiner der Männer hat bisher seine Frau gefunden. Wie deutlich müssen meine Hinweise denn noch werden? Soll ich dem Brief etwa eine Landkarte beilegen, worauf der Aufenthaltsort mit einem großen X markiert ist? Warum strengen sie sich nicht mehr an?"

Traurig schweift sein Blick über die Fotos der einzelnen Frauen und bleibt schließlich bei Nele hängen. Auch sie wird morgen Nacht sterben, wenn die Polizei sich nicht endlich anstrengt. Rechts neben dem Bild seiner Frau hängt der Zeitungsartikel, welcher Rick mit Noreen zeigt. Als Rick mit seinem Kollegen bei ihm auftauchte, wusste Max sofort, in welchen Fällen diese ermitteln. Es kann ihm nur recht sein, wenn die Ehemänner sich professionelle Unterstützung holen, um ihre Frauen zu retten.

Allerdings hatten sie bisher wenig Erfolg! Vielleicht lieben die Männer ihre Frauen nicht genug? Vielleicht haben die Ermittler nicht genug Motivation, die Statistik der aufgeklärten Mordfälle positiv zu beeinflussen? Plötzlich hat er eine Eingebung. Er muss die maximale Aufmerksamkeit erreichen. Sein Blick fällt auf Noreen. Welches Opfer wäre geeigneter als eine Frau, deren Partner noch frisch in sie verliebt ist und gleichzeitig bei der Polizei arbeitet?

Lächelnd lehnt er sich in seinem Stuhl zurück.

„Danke Anna, für diese brillante Idee!", flüstert er liebevoll.

## Kapitel 33

Am nächsten Tag sitzt Noreen während einer Freistunde im Lehrerzimmer, um an ihrem Laptop die nächste Probe im Fach Heimat- und Sachkunde vorzubereiten. Eifrig tippt sie die Fragestellungen ein und überprüft anschließend den gesamten Text am Bildschirm.

Plötzlich ändert sich etwas! Vollkommen unscheinbar verschwinden die einzelnen Buchstaben. Anders als bisher, blitzt es nur kurz auf, danach ist es dunkel um sie herum.

Im nächsten Moment erkennt sie den ihr bereits bekannten Raum. Dieses Mal steht sie seitlich neben dem Tisch, auf welchem die Frau liegt. Neles Augen sowie ihr Mund sind mit einem breiten Klebeband bedeckt, ihr Körper wird von einer braunen Decke umhüllt. Langsam dreht Noreen ihren Kopf zur Seite. Sie sieht den zweiten Mann, der schräg hinter dem Akteur steht. Allerdings erkennt sie lediglich seine blonden Haare und eine Brille. Vor Nele hält sich ein hochgewachsener Mann auf. Er trägt ein rotes, kariertes Hemd sowie eine braune Strickmütze mit Schlitzen. Aufgrund seiner schmalen Lippen vermutet

Noreen, dass es sich dieses Mal um einen anderen Mann handelt. Ihr Blick gleitet zu der ihr gegenüberliegenden Wand. In den Putz sind einzelne Buchstaben geritzt. Sie kann sie nur schwer erkennen, da die Einkerbungen teilweise nur sehr unscheinbar vorhanden sind.

Plötzlich wird die Decke von Neles Körper gerissen. Zitternd liegt ihr entblößter Körper vor dem gierig lechzenden Mann. Voller Vorfreude dreht er sich zu dem Serviertisch und greift nach einer Rasierklinge. Noreen stockt für einen Moment der Atem. Vergeblich versucht sie, sich zu beruhigen. *Warum tue ich mir das an? Wahrscheinlich, weil wir Nele nur so retten können!* Sie betrachtet die Hände des Mannes, sucht nach auffälligen Narben, Tätowierungen oder Merkmalen, die den Täter überführen könnten. Als einziges Indiz trägt er einen goldenen Ehering an der rechten Hand. Wie in Zeitlupe legt der Maskierte die Rasierklinge zwischen den beiden Brandnarben auf Neles Brüsten an. Im nächsten Moment zieht er langsam eine dünne, rote Spur bis zu ihrem Bauchnabel. Nur schwer kann Noreen ihr Entsetzen unterdrücken. Am liebsten würde sie schreien vor Wut!

Anschließend legt der Perverse seine Zunge auf die blutige Linie, um sie genüsslich bis zu ihrer Körpermitte aufzusaugen. Er stoppt jedoch nicht bei der gesunden Haut, sondern bahnt sich küssend einen Weg in Richtung Intimbereich. Angewidert reißt sich

172

Noreen von dem abstoßenden Anblick los, sodass der zweite Anwesende in ihrem Blickfeld erscheint. *Warum trägt dieser Mann keine Maske?*

Bevor sie sich eine Antwort auf ihre stumme Frage geben kann, erhellt ein kurzer Blitz den Raum. Im nächsten Moment erscheint der Text der soeben verfassten Probe auf ihrem Bildschirm.

Sie will zum Handy greifen, um Rick über ihre Vision zu unterrichten, wird aber vom Gongschlag abgehalten, der die nächste Schulstunde ankündigt.

Erst am späten Nachmittag schafft sie es endlich, Rick anzurufen. Dieser sagt sein umgehendes Kommen zu.

„Wie geht es dir?", will er zur Begrüßung wissen.

„Rick! Ich verstehe nicht, warum ich diese Vision hatte! Ich war im Lehrerzimmer und habe Fragen in meinem Laptop notiert. Ich habe nicht einmal an Nele gedacht!", äußert sie verwirrt.

„Einfach so?"

„Ja! Und gestern auch schon! Da hatte ich eine Dose Katzenfutter in der Hand, als die Vision kam!", antwortet sie bestürzt.

„Vielleicht bist du auf den Fall mittlerweile so sensibilisiert, dass es keiner Hilfsmittel mehr bedarf, um die Visionen auszulösen? Schlussendlich ist es doch zweitrangig, unter welchen Umständen du in die

Zukunft blicken kannst. Was hast du dieses Mal gesehen?“, lenkt er ab.

„Es war ein Mann anwesend, der keine Maske trug. Er kommt mir bekannt vor, aber ich weiß nicht woher!“, erzählt Noreen verzweifelt.

„Ich will dich ja nicht unter Druck setzen, aber heute Nacht läuft die Frist aus. Wir haben nur noch ein paar Stunden, um Nele zu finden“, bemerkt Rick besorgt.

„An der Wand waren Buchstaben ins Mauerwerk geritzt. Aber ich konnte nicht das ganze Wort entschlüsseln, weil es zu dunkel war“, setzt Noreen an.

„Was für Buchstaben?“

„Ein großes *V* … dann ein *i* … dann ein *i* oder *t* und ein *a* oder *o*.“

„Vielleicht heißt es *Victory*?“, rät Rick.

„Schon möglich! Es waren dazwischen noch andere Buchstaben, aber die konnte ich nicht erkennen“, gibt Noreen entschuldigend zu.

„Wenn es ein Abbruchhaus ist wundert es mich, dass kein Graffiti zu sehen war“, überlegt Rick laut.

„Ich habe jedenfalls keines gesehen. Aber die Lampe leuchtet immer nur den halben Raum aus!“, bemerkt Noreen.

„Mir gehen langsam die Ideen aus, wie wir noch an Hinweise gelangen können“, seufzt Rick entmutigt.

„Hat eure Untersuchung des Textes schon etwas ergeben?“, will Noreen neugierig wissen.

„Tim hat ein Computerprogramm durchlaufen lassen, welches alle möglichen Akronyme überprüft. Es kamen ein paar Worte heraus, die uns aber keinen Hinweis auf einen Aufenthaltsort geben.“

Noreen blickt geistesabwesend auf den Tisch. „Dieser Mann … er quält die Frauen. Er hat Nele mit einer Rasierklinge von der Brust bis zum Bauchnabel geritzt. Anschließend …“, bricht Noreen angewidert ab.

„Du musst es mir nicht erzählen. Versuch diese Szenen einfach zu vergessen, sie helfen uns keinen Schritt weiter. Wenn wir emotional zu sehr in den Fall verwickelt sind, können wir nicht mehr klar denken und übersehen dadurch vielleicht wichtige Details. Ist dir sonst noch etwas aufgefallen?“, fragt er ruhig.

„Der Maskierte trug einen Ehering. Aber …“, setzt Noreen an.

„Was? Fällt dir noch was ein?“, hakt Rick nach.

„Ich habe das Gefühl, dass der Mann mit der Maske einfach nur seine perverse Lust befriedigen wollte. Der eigentliche Drahtzieher ist der Blonde mit der Brille!“ stellt Noreen nachdenklich fest.

„Glaubst du, du könntest einem Polizeizeichner so genaue Angaben machen, dass er ein Phantombild anfertigen kann?“, erkundigt sich Rick.

„Ich glaube nicht, dass es dazu reicht. Ich habe nur seine Haare und eine Brille erkannt. Keine Augen, keine Nase, keinen Mund. Und trotzdem kommt mir der Mann bekannt vor … warum nur?", rätselt sie leise.

„Ich muss wieder ins Büro. Wir müssen noch alle Naturschutzgebiete auf der Karte überprüfen, welche in Frage kommen, dort eine Frau zu verstecken. Die Zeit läuft uns davon!", berichtet Rick bedrückt.

„Sucht ihr morgen auch weiter? Ich meine, falls keine ….", bricht Noreen unsicher ab.

„Falls keine Leiche gefunden wird? Ja! Wir werden erst aufhören zu suchen, wenn wir wissen, dass sie tot ist. Vorher besteht immer noch Hoffnung", gibt er zu.

„Ich bin morgen den ganzen Tag in der Schule. Lehrerkonferenz und anschließend Elternabend. Glaubst du, wir sehen uns am Abend noch?", fragt sie sehnsüchtig.

„Das kommt darauf an, wie der Fall sich entwickelt. Lass dich überraschen!", zwinkert er ihr zu, bevor er ihr einen zärtlichen Kuss gibt. Verlangend umschließt sie seinen Nacken und zieht ihn an sich heran. Nur schwer gelingt es Rick, sich aus der erregenden Umarmung zu befreien.

„Ich muss wirklich los, es tut mir leid. Bis bald!", ruft er ihr zu, während er fest entschlossen zum Ausgang geht. Einen Moment später fällt die Tür hinter ihm ins Schloss.

# Kapitel 34

Der nächste Tag ist für Noreen anstrengend und lang. Bei der Lehrerkonferenz wird über drei ihrer Schüler gesprochen, was ihre ungeteilte Aufmerksamkeit verlangt. Nach einer kurzen Pause stehen die Elterngespräche an, welche noch mehr Disziplin und Einfühlungsvermögen von ihr abverlangen als ein Unterrichtstag in einer dritten Klasse.

Besonders die Eltern der schwierigen Kinder suchen die Ursache für die schulischen Probleme ihrer Sprösslinge gerne bei den Lehrern. Sie verlangen von den Pädagogen, dass ihrem Kind das nötige Wissen solange eingetrichtert wird, bis auch der langsamste Schüler es ohne Probleme beherrscht und bei einer leistungsbezogenen Abfrage fehlerlos wiedergeben kann. Das Argument, dass sich fünfundzwanzig Kinder in der Klasse befinden, welche eine unterschiedliche Herkunft, Lerngeschwindigkeit und Intelligenz haben, interessiert diese Eltern nicht. Es sind stets die gleichen Mütter und Väter, deren Kinder in verschiedenen Bereichen auffällig werden. Sie verlieren ihre Sportsachen, haben keine Hausaufgaben gemacht oder vergessen ihre Schreibutensilien zu

Hause. Manchmal wünscht sich Noreen, in der Oberstufe unterrichten zu können, wo der Lehrer nicht mehr auf die Mitarbeit der oft ignoranten Eltern angewiesen ist, sondern eventuelles Fehlverhalten direkt mit den Schülern ausdiskutieren kann. Von Kollegen der ehemaligen Oberstufe weiß sie jedoch, dass bei Schülern im Teenageralter andere Probleme auftreten. Die Respektlosigkeit gegenüber dem Lehrer sowie die pubertäre Verweigerungsphase sind nicht minder schwer zu ertragen.

Zu Hause angekommen, streift sie erschöpft ihre Schuhe ab, legt die Tasche neben der Tür ab und schlürft ins Schlafzimmer. Sie entledigt sich ihrer Kleidung, indem sie diese unachtsam auf ihr Bett wirft. Anschließend schlüpft sie in ihre bequeme Jogginghose, ein Sweatshirt und begibt sich in die Küche. Cornelius macht sich laut schnurrend bemerkbar. Nachdem sie den hungrigen Kater versorgt und sich ein Glas Wasser gefüllt hat, legt sie sich auf das bequeme Sofa. Während sie eine Decke über ihre Beine ausbreitet, schaltet sie den Fernseher an.

Müde schließt sie die Augen, lässt die Werbesprüche der Marktwirtschaft nur noch vage an ihr Ohr dringen. Kurz bevor sie einschläft, schreckt sie durch das grelle, weiße Licht auf. In gewohnter Weise verziehen sich die hellen Wolken langsam, um dem Blick in die Zukunft Platz zu machen.

Es ist schwarz! Vollkommene Dunkelheit umgibt sie. Da sie während ihrer geistigen Ausflüge keine Geräusche wahrnimmt, kann sie nur erraten, wo sie sich befindet. Vielleicht ist die Laterne aus? Sie dreht ihren Kopf, versucht irgendwo eine Lichtquelle ausfindig zu machen, ist aber umgeben von undurchdringlicher Schwärze. Plötzlich wird es hell. Obwohl die Umgebung lediglich vom Mondschein beleuchtet wird, fühlt sie sich einen Augenblick lang geblendet. Noreen befürchtet fast, die Vision könnte schon wieder vorbei sein. Plötzlich erkennt sie eine Wiese, Bäume und Gebüsch. Neugierig blickt sie sich um. Sie steuert auf ein Gebäude zu, welches verlassen auf dem weitläufigen Grundstück steht. Sie dreht ihren Kopf zur Seite und erkennt ein Schild, dessen Aufschrift sich in ihr Gedächtnis brennt.

*Oh mein Gott!* Sie weiß, wo Nele gefangen gehalten wird!

Im nächsten Augenblick zieht die weiße Wolkenwand sie in die Wirklichkeit zurück. Mit klopfendem Herzen setzt sie sich auf. *Ich muss sofort Rick anrufen!* Sie greift gerade zum Telefon, als es plötzlich an der Tür klingelt. Aufgeregt springt sie auf, drückt auf den Türöffner für die Haustüre und reißt gleichzeitig ihre Wohnungstüre auf. „Rick, ich weiß jetzt …", ruft sie dem unerwarteten Gast entgegen. Abrupt hält sie inne. Noch bevor sie realisieren kann, wer da vor ihr steht, wird sie von dem blonden Mann zurück in ihre Wohnung gestoßen.

„Wer …?“, stößt sie ängstlich hervor.

„Hallo Noreen! Leider hat dein Freund es nicht geschafft, Nele rechtzeitig zu finden. Jetzt muss ich dich mitnehmen!“, bekommt sie zur Antwort. Im nächsten Augenblick drückt er ihr ein übel riechendes Tuch auf Nase und Mund. Reflexartig hält sie die Luft an und wehrt sich mit aller Kraft. Der Angreifer drückt sie jedoch mit seinem Gewicht zu Boden und nimmt ihr so jede Möglichkeit, sich von seinem Griff zu befreien. Kurz bevor sie das Bewusstsein verliert, fällt ihr ein, woher sie den blonden Mann mit der Brille kennt.

# Kapitel 35

Bedrückt sitzen Rick und Tim ihrem Chef gegenüber, der seine schlechte Laune nicht verbergen kann.

„Soll das heißen, ihr habt keine Anhaltspunkte, wo dieser Irre die Frauen gefangen hält?", will er ungläubig wissen.

„Naja, wir glauben, dass die Aufkleber auf den Briefumschlägen auf ein Naturschutzgebiet hinweisen", sagt Tim kleinlaut.

„Die Frist ist heute Nacht abgelaufen, richtig?", hakt ihr Chef nach.

Als Bestätigung erhält er ein stummes Nicken.

„Dann haben wir jetzt den dritten Mord, der auf das Konto des Serienmörders geht", beklagt er traurig.

„Ich gebe Nele erst auf, wenn wir ihre Leiche gefunden haben. Vielleicht lebt sie noch – vielleicht hat er sie noch nicht getötet. Wir sind uns ziemlich sicher, dass der Täter will, dass wir die Frauen finden. Vielleicht wartet er dieses Mal länger, bis …", erklärt Rick bestimmt.

„Ja klar! Und als Nächstes spaziert er in unser Büro und legt uns eine Landkarte vor, wo wir die Entführte finden können! Nur weil wir unfähig sind, seine

Hinweise zu entschlüsseln, wird er noch lange nicht seine angekündigte Tat hinausschieben. Dieser Typ hat einen Grund, warum er die Frist auf 2,8 Tage angesetzt hat! Und er wird weitermachen, bis wir ihn stoppen!", bemerkt Schröder mit zusammengekniffenen Lippen.

Während der Chef der Abteilung mit seinen Mitarbeitern die weiteren Schritte in diesem Fall bespricht, betritt zwei Stockwerke tiefer ein Junge mit Schulranzen das Revier.


„Guten Tag! Ich habe einen Brief für Rick Silver!", grüßt er den wachhabenden Beamten am Empfang.

„Ich werde ihn an Herrn Silver weiterleiten", entgegnet der Uniformierte, während er den Umschlag entgegennehmen will.

„Ich soll ihn aber persönlich übergeben!", widerspricht ihm der Junge unsicher.

„Sagt wer?", will der Beamte gereizt wissen.

„Äh … ist Herr Silver da?", windet sich der Schüler.

„Ja, aber er ist in einer Besprechung. Wenn du mir den Brief gibst, werde ich ihn sofort Herrn Silver bringen, wenn die Besprechung zu Ende ist", verspricht er freundlich.

Verunsichert überlegt der Junge, was er tun soll. Er hat fünfzig Euro bekommen, damit er den Umschlag an Rick Silver übergibt. Er soll ihn ausdrücklich persönlich aushändigen und sich nicht abwimmeln lassen, wurde ihm aufgetragen. Sein Blick fällt auf die große Wanduhr, welche in der Mitte des Raumes hängt. Er muss zur Schule! Er will heute nicht wieder zu spät kommen!

„In Ordnung! Aber Sie müssen ihm den Brief sofort geben, versprochen?", bittet er den Polizeibeamten vor sich.

„Natürlich! Versprochen, mein Junge!", erklärt der Angesprochene mit einem mitleidigen Lächeln.


Wenig später verlässt der Junge das Gebäude und betritt die Straße. Gutgelaunt läuft er um die Ecke, um noch rechtzeitig die Schule zu erreichen. Plötzlich packt ihn eine kräftige Hand am Arm.

„Hat es geklappt?", will der blonde Mann aufgeregt wissen.

Erschrocken blickt der Junge sein Gegenüber an. „Ja … alles gut gegangen", stammelt er ängstlich.

„Du hast den Brief Rick Silver persönlich übergeben?", hakt Max nach.

„Ja!", kommt die zaghafte Antwort.

„Hat er etwas gefragt?", will Max bohrend wissen.

„Nein! Ich bin gleich weggelaufen, bevor er etwas sagen konnte."

Max schaut dem heranwachsenden Kind fest in die Augen und erkennt die Angst, die ihm entgegenschlägt. Allerdings vertraut er auf seine Aussage.

Nachdem er den aufgeregten Jungen laufen lässt, begibt er sich zurück in sein Fahrzeug. Einige Zeit bleibt er noch beobachtend vor dem Dienstgebäude stehen und wartet auf eine Reaktion des Empfängers. Bevor er den Schüler hineingeschickt hat, vergewisserte er sich, dass Rick auch wirklich im Büro ist. Er muss sichergehen, dass der Empfänger den Brief auch in diesem Moment erhält, denn genau zu diesem Zeitpunkt beginnt die Frist zu laufen. *Mal sehen, ob der Kommissar seine Ermittlungen jetzt motivierter führt, da es um das Leben seiner Freundin geht.*

# Kapitel 36



ZEHN STUNDEN ZUVOR

Noreen wacht von einem starken Rütteln auf. Sie versucht die Augen zu öffnen, was ihr jedoch nicht gelingt. Ein Klebeband verschließt ihre Augen. Ihre Hände und Beine sind gefesselt, sie liegt auf einem harten Untergrund, der sich bewegt. *Ich bin in einem Auto, oder einem Transporter!* Plötzlich stoppt das Fahrzeug. Ihr Gehirn arbeitet auf Hochtouren. *Ich muss versuchen zu fliehen! Aber wie soll das mit gefesselten Beinen funktionieren?*

Die Tür wird geöffnet. Noreen liegt mit angezogenen Beinen auf dem Rücken, als sie merkt, wie eine Person zu ihr in den Frachtraum steigt. Instinktiv tritt sie mit voller Kraft in die Richtung, in welcher sie den Entführer vermutet, und trifft auf einen schweren Körper. Mit einem dumpfen Stöhnen fällt der Mann aus dem Wagen. Blind und durch die Fesseln eingeschränkt, rutscht Noreen auf der Ladefläche in Richtung Ausgang. Sie erreicht die Tür, lässt die Füße auf den Boden sinken und versucht hüpfend zu fliehen. Vergeblich! Mit festem Griff packt Max sie an den Haaren, woraufhin sie abrupt stehen bleibt.

„Nicht so schnell, Noreen! Warte wenigstens, bis ich deine Beine befreit habe, dann kannst du besser laufen", flüstert er ihr aufmunternd zu.

„Warum tun Sie das?", fragt sie ängstlich, während Max mit einem schnellen Schnitt das Klebeband um ihre Beine durchtrennt.

Ohne auf ihre Frage zu antworten, schubst er sie nach vorne. „Hier geht's lang!"

Noreen stolpert über den unebenen Weg, stürzt mehrmals unsanft auf ihre Knie, die sie sich dabei schmerzhaft aufschürft.

„Los, schneller!", treibt Max sie an.

„Wenn ich etwas sehen würde, könnte ich auch schneller gehen", bemerkt sie wütend.

Im nächsten Moment reißt er ihr das Klebeband von den Augen.

„Au!", schreit sie kurz, bevor sie die Augen öffnet und ihre Umgebung wahrnimmt. Was sie in diesem Augenblick sieht, zieht ihr schmerzhaft den Magen zusammen. Sie hat ein Déjà vu und findet sich in ihrer eigenen Vision wieder.

*Oh mein Gott! Ich habe meine eigene Entführung gesehen!*

# Kapitel 37

Während Rick und sein Kollege noch immer bei ihrem Chef im Büro sitzen, klingelt Schröders Telefon. Lustlos meldet er sich: „Schröder!"

Anschließend hört er dem Anrufer ruhig zu. Nachdem er aufgelegt hat, wendet er sich an die beiden Männer, die ihm gegenüber sitzen. „Ihr Wunsch ist nicht in Erfüllung gegangen! Die Leiche von Nele Meier wurde soeben gefunden!"

Kopflos stürmt Rick aus dem Büro seines Chefs, gefolgt von Tim, der sich noch schnell den Ort des Leichenfunds notiert hat. Im Erdgeschoss hetzt er direkt auf den Ausgang zu, bis er von seinem Kollegen am Empfang gestoppt wird.

„Halt! Rick! Es wurde etwas für dich abgegeben!", ruft der Diensthabende ihm nach.

„Nicht jetzt! Leg es mir auf den Schreibtisch", antwortet er geistesabwesend. Er ist so wütend. Auf den Mörder - der die unschuldigen Frauen so kaltblütig absticht. Und auf sich selbst - dass er es nicht schafft, ihn aufzuhalten.

Er betritt die Straße, schaut sich um und tritt im nächsten Moment mit voller Wucht gegen einen

Mülleimer. Krachend schwankt dieser in seiner Halterung. Aufgebracht stürmt er zu seinem Auto, gefolgt von Tim, der Mühe hat, seinen Kollegen einzuholen.

Einige Meter entfernt sitzt Max in seinem Transporter und beobachtet schmunzelnd die soeben stattgefundene Szene. Sehr schön! Jetzt zeigt Rick die richtigen Emotionen! Der Brief hat seine Wirkung nicht verfehlt! Endlich hat er Ricks ungeteilte Aufmerksamkeit!

Im englischen Garten, unweit der nördlichen Grenze, befinden sich bereits mehrere Einsatzfahrzeuge. Der Fundort wurde weiträumig mit einem rot-weißen Trassierband abgesperrt. Wortlos schlüpft Rick unter dem Band durch und eilt zu der Ansammlung der Beamten. Tim zeigt einem der Polizisten schnell seinen Ausweis und entschuldigt sich für das unhöfliche Verhalten seines Kollegen.

Barsch drängt Rick sich an den Herumstehenden vorbei, um anschließend geschockt vor der nackten Leiche stehen zu bleiben. Ihr Unterleib ist überzogen von Blutspuren. Ein tiefer Schnitt zieht sich über den Unterleib und gibt den Blick in ihre geöffnete Bauchhöhle frei. Voller Abscheu begutachtet er den Körper der toten Frau. Er betrachtet ihre Beine und stellt erstaunt fest, dass ihre Knie keine Abschürfungen aufweisen. Verwundert betrachtet er ihre Brust sowie den Oberkörper bis zum Bauchnabel. Auch hier findet er keine Verletzungen. Dafür jedoch in der Leistengegend. Unter den Blutspuren befinden sich mehrere Brandwunden auf der Haut. Ein Blick auf die verletzten Fußsohlen verrät ihm, dass das Opfer vor ihrem Tod auf unmenschliche Weise gequält und gefoltert wurde.

Nachdenklich wendet er sich ab. Tim redet währenddessen mit dem Gerichtsmediziner.

Kurz darauf tritt er an seinen Kollegen heran. „Rick! Der Arzt sagt, sie wurde heute Nacht ermordet. Sie hatte Einstiche in ihren Armen. Er versucht rauszufinden, was ihr da gespritzt wurde. Vermutlich ein Beruhigungsmittel. Vielleicht war sie ja nicht bei Bewusstsein, als ihr das angetan wurde? Vielleicht will der Täter die Frauen gar nicht quälen, sondern uns nur vorspielen, dass er ein skrupelloser Mörder ist", rätselt Tim nachdenklich.

Entsetzt starrt Rick seinen Kollegen an. „Glaubst du den Mist, den du da redest? Der Typ hat Nele grausam misshandelt! Ich bin mir sicher, dass er sie nicht betäubt hat, bevor er die Zigaretten an ihren Fußsohlen ausgedrückt hat!", spuckt er wütend aus. „Aber weißt du, was mich noch mehr schockiert? Dass es auf jeden Fall ein weiteres Opfer geben muss! Noreen hat in ihren Visionen Verletzungen an der Frau gesehen, die bei Nele nicht vorhanden sind."

„Dann hat Noreen gar nicht Neles Misshandlungen beobachtet?", fragt Tim erstaunt.

Ricks Gedanken kreisen um die Bemerkung, die Noreen ihm gegenüber gemacht hat. Sie hatte mehrere Visionen, ohne zuvor einen persönlichen Gegenstand von Nele in ihren Händen zu halten.

„Tim, ich glaube, dass Noreen das nächste Opfer ist. Offensichtlich hat sie ihren eigenen Tod vorausgesehen!"

# Kapitel 38

Langsam öffnet Noreen ihre Augen. Der ihr bereits bekannte, schwach erleuchtete Raum erscheint vor ihr. Neben ihr steht der blonde Mann mit der Brille. Traurig schaut er sie an.

„Hast du Durst?", fragt er fürsorglich. Noreen schüttelt den Kopf.

„Musst du auf die Toilette?", will er weiter wissen. In Noreens Hirn arbeitet es unaufhörlich. *Warum tut er das? Vielleicht habe ich die Chance auf eine Flucht? Die Toilette!*

„Ja! Ich muss auf die Toilette", antwortet sie vorsichtig.

Im nächsten Moment bückt sich Max und zieht aus dem unteren Teil des Servierwagens eine Bettpfanne hervor. *Oh mein Gott!*, schießt es Noreen durch den Kopf.

Max schiebt das weiße Laken ein Stück nach oben und hebt ihre Hüfte an. Sorgfältig schiebt er das metallene, flache Gefäß unter ihren Po. Erst jetzt wird ihr bewusst, dass sie unter der dünnen Decke nackt ist.

„Ich kann das nicht! Bitte, darf ich dabei aufstehen?", bettelt sie hoffnungsvoll.

„Wenn du musst, dann kannst du auch!", antwortet Max unnachgiebig. Nachdem Noreen ihn im Van mit ihrem Fußtritt überrascht hat, wird er es nicht noch einmal riskieren, sie von ihren Fesseln zu befreien. Er hat am eigenen Leib erfahren, welch eine Kraft sie mobilisieren kann, um ihre Flucht zu realisieren.

Geduldig wartet er einige Minuten ab, bevor er die leere Bettpfanne wieder entfernt.

Ängstlich beobachtet Noreen, wie er vom Wagen neben ihr eine Spritze aufnimmt.

„Was ist das?", will sie mit zitternder Stimme wissen.

„Ich muss nochmal kurz weg. Am besten schläfst du bis heute Abend, dann vergeht die Zeit schneller für dich", erklärt er freundlich.

Vergeblich versucht Noreen sich gegen den Einstich zu wehren. Einen Augenblick später versinkt sie in einen traumlosen Schlaf.

# Kapitel 39

Bereits im Auto versucht Rick, seine Freundin telefonisch zu erreichen. „Mist! Sie geht nicht ran!", ruft er verzweifelt aus.

„Hast du mal auf die Uhr geschaut? Sie gibt gerade Unterricht!", beruhigt ihn Tim.

„Dann fahren wir zur Schule! Ich muss sie sofort warnen!", schreit Rick hektisch.

„Willst du sie allen Ernstes vor ihrer gesamten Klasse darauf hinweisen, dass sie das nächste Opfer sein könnte? Rick, sie ist im Schulgebäude sicher! Klär doch erst einmal ab, wie lange sie heute Unterricht hat, dann kannst du sie danach abholen", versucht Tim ihn zu überzeugen.

„Vielleicht hast du Recht!", gibt Rick bedrückt zu. Über die Zentrale lässt er sich mit dem Sekretariat der Grundschule in Freising verbinden.

„Hallo! Mein Name ist Rick Silver! Können Sie mir sagen, wie lange Frau Richter heute unterrichtet?", fragt er höflich.

Die junge Frau am Apparat zögert einen Moment, dann antwortet sie schüchtern: „Frau Richter hat die 3 a, oder? Die hat heute bis 16 Uhr Unterricht."

„Vielen Dank!", sagt Rick erleichtert, bevor er auflegt.

„Sollen wir gleich zu Herrn Meier fahren, um ihm die traurige Nachricht zu überbringen?", schlägt Tim vor.

„Bringen wir es hinter uns!", stimmt Rick niedergeschlagen zu. Diese Aufgabe hasst er am meisten an seinem Beruf: Einem Familienmitglied den Tod seines geliebten Angehörigen mitteilen zu müssen.

Der Besuch bei dem verwitweten Ehemann dauert länger als geplant. Er bricht vor den Kommissaren regelrecht zusammen, sodass die beiden Männer es nicht wagen, ihn zu verlassen, bevor der Krankenwagen kommt und ihn mit in die Klinik nimmt.

Pünktlich um vier Uhr nachmittags steht Rick mit seinem Auto vor Noreens Arbeitsstelle. Er beobachtet die fröhlichen Kinder, welche nach einem langen Tag das Schulgebäude verlassen. Mehrmals versucht er, Noreen telefonisch zu erreichen, aber es springt stets nur die Mailbox an.

Nach einer halben Stunde wird er unruhig. *Wo bleibt sie nur?* Nervös steigt er aus und geht mit schnellen Schritten auf den Haupteingang zu. In diesem Moment erscheint ein Mann mittleren Alters, mit einer dicken Hornbrille auf der Nase, auf dem Schulhof.

„Entschuldigung!", ruft Rick dem Mann entgegen. „Ich suche Frau Richter. Ist sie noch drinnen?"

„Frau Richter? Die war heute überhaupt nicht da! Sie ist krank!", antwortet der Lehrer freundlich.

„Aber im Sekretariat wurde mir gesagt, sie habe heute bis 16 Uhr Unterricht!", gibt Rick fassungslos von sich.

„Ach! Das muss die kleine Praktikantin gewesen sein. Die hat sicher nur auf den Stundenplan gesehen und nicht gewusst, wer tatsächlich die Klasse unterrichtet", äußert der Ältere bedauernd.

„Verdammt!", ruft Rick, während er zu seinem Auto stürmt. *Wenn Noreen etwas passiert ist, dann werde ich dieser Praktikantin persönlich eine Ansage machen!*

Einige Minuten später hält er mit quietschenden Reifen vor dem zweistöckigen Wohnhaus in Freising.

Ungeduldig klingelt er im ersten Stock. Mehrmals hintereinander, bis eine Nachbarin erscheint und genervt die Haustüre öffnet. „Können Sie bitte aufhören, Sturm zu läuten? Offensichtlich ist niemand zu Hause, wenn Ihnen nicht geöffnet wird!", faucht sie Rick an.

„Entschuldigung! Aber ich suche Frau Richter. Es ist wirklich dringend", erklärt er hastig.

„Vielleicht ist sie unterwegs? Versuchen Sie es einfach später noch einmal", rät sie ihm.

„Wissen Sie, ob irgendeiner der Nachbarn einen Reserveschlüssel zu Frau Richters Wohnung hat?“, hakt Rick nach.

„Selbst wenn, würde ich es Ihnen nicht sagen“, antwortet die ältere Dame pikiert.

*Jetzt reicht es!*

Wütend zieht Rick seinen Dienstausweis hervor und hält ihn der kleinen Frau unter die Nase.

„Kriminalpolizei! Hätten Sie jetzt die Güte, mir Auskunft zu erteilen?“, fragt er mit Nachdruck.

„Oh! Polizei? Hat sie etwas angestellt?“, flüstert die Nachbarin verschwörerisch.

„Hat einer der Nachbarn einen Reserveschlüssel?“, presst Rick wütend hervor.

„Ja, ich! Man darf ja wohl noch fragen“, gibt sie kleinlaut zu.

„Hören Sie, Frau …“

„Schneider. Rita Schneider“, ergänzt sie Ricks Satz.

„Gut, Frau Schneider! Könnten Sie jetzt bitte den Schlüssel holen, es ist wirklich dringend“, bittet er betont höflich.

Nachdem Frau Schneider den Reserveschlüssel aus ihrer Wohnung geholt hat, geht sie die Stufen zum ersten Stock hinauf. Sie will gerade das Schloss öffnen, als Rick sie zurückhält.

„Danke, Frau Schneider! Den Rest schaff ich allein“, drängt er die ältere Frau zurück. Nur ungern zieht sie sich zurück, um den Beamten alleine in die fremde Wohnung zu lassen.

Leise öffnet Rick die Tür, tritt ein und sieht sich um. Sofort stürmt der schwarze Kater auf ihn zu. Laut jammernd streicht er um Ricks Beine.

„Cornelius! Hast du Hunger? Wo ist dein Frauchen?", wendet er sich an das liebesbedürftige Tier. Mit schnellen Schritten geht er in die Küche, öffnet eine Dose Katzenfutter und schüttet den Inhalt in den Futternapf. Anschließend begibt er sich ins Wohnzimmer. Sein geschulter Blick überfliegt die Wohnung. Auf dem Tisch steht ein Glas Wasser, auf dem Sofa liegt eine zerknüllte Wolldecke. Neben der Tür steht Noreens Aktentasche, in der Ecke liegen achtlos abgelegte Schuhe. Er geht ins Schlafzimmer und erkennt auf den ersten Blick, dass Noreen nicht hier übernachtet hat. Besorgt kehrt er zurück ins Wohnzimmer und sucht nach irgendwelchen Hinweisen gewaltsamen Eindringens oder eines Kampfes. Er kann jedoch nichts entdecken.

Mit ungutem Gefühl verlässt er die Wohnung und fährt zurück nach München in sein Büro.

# Kapitel 40

Max verlässt seine Arbeitsstelle, um zu Hause seine E-Mails zu überprüfen. Anschließend fährt er zurück zu Noreen, um die abendliche Vorstellung mit ihr zu genießen.

Bei den ersten beiden Frauen hat er sich jeweils drei Tage krankgemeldet, um sie die ganze Zeit über bewachen zu können. Obwohl er seinen Fesselungskünsten vertraute, schien es ihm sicherer, die Frauen in wachem Zustand nicht alleine im Versteck zu lassen. Gelegentlich kommen einige hundert Meter entfernt Fußgänger vorbei, die während seiner Abwesenheit auch auf den Gedanken kommen könnten, sich das alte Abrisshaus näher anzusehen. Da es seit einigen Tagen häufiger regnet, befürchtet er jedoch keine ungebetenen Gäste mehr. Trotzdem ist es ihm noch immer zu gefährlich, die Frauen in wachem Zustand unbeobachtet zu lassen. Daher hat er bei Nele begonnen, ihr tagsüber intravenös ein Schlafmittel zu verabreichen, um anderen Tätigkeiten nachgehen zu können. Auch Noreen hat er ruhiggestellt, um seinem Stammkunden davon zu berichten, dass ein neues Mädchen auf ihn wartet.

Zufrieden schließt er seinen Laptop und begibt sich in den Nebenraum. Unter die bereits vorhandenen drei Bilder hängt er ein Viertes. Es zeigt Noreen, schlafend auf dem Holztisch.

„Bald ist es soweit, Anna! Wenn dieser Rick es nicht schafft, dann keiner! Nicht mehr lange und meine Sünden werden mir vergeben. Dann kann ich endlich zu dir kommen!"

# Kapitel 41

Krachend fliegt die Tür auf, als Rick ins Büro stürmt. Tim, der gerade in einer Akte blätterte, schreckt hoch.

„Was ist denn in dich gefahren?", fragt er überrascht.

„Sie ist weg!", brüllt Rick ungehalten.

„Wer ist weg?"

„Noreen! Ich glaube er hat sie entführt!", klärt Rick seinen Kollegen auf.

„WAS?", schreit Tim fassungslos. „Hast du Indizien dafür?"

„Sie war heute nicht in der Schule. Und sie hat heute Nacht nicht in ihrem Bett geschlafen", zählt Rick auf.

„Woher willst du das wissen?", hakt Tim nach.

„Ihr Bett war nicht benutzt!"

„Vielleicht hat sie es in der Früh gemacht?", schlägt Tim vor.

„Wenn man am Abend ins Bett geht, räumt man doch die Klamotten weg, stimmt's? Ihre Sachen lagen aber noch auf der Tagesdecke", erklärt Rick ungeduldig.

„Da ist was dran! Hast du Blut gefunden? Kampf- oder Einbruchsspuren?", hakt Tim nach.

„Nein! Nichts dergleichen, aber sie geht nicht an ihr Handy!", sagt Rick verzweifelt.

„Rick! Das muss noch nichts bedeuten! Vielleicht hat sie bei einer Freundin übernachtet? Möglicherweise ist ihr Akku leer?", rätselt Tim.

„Hör auf mit dem Mist! ER hat sie! Bereits seit gestern Nacht, da bin ich mir sicher!"

„Warum hat er dir dann keinen Brief geschickt? Ich meine, du bist zwar nicht ihr Ehemann, aber immerhin ihr Freund", bemerkt Tim zweifelnd.

„Ein Brief? Shit! Heute Morgen wurde was für mich am Empfang abgegeben!", ruft Rick entsetzt. Hektisch wühlt er auf seinem Schreibtisch. Mehrere Stöße Akten, die er vom Archiv angefordert hat, liegen vor ihm. Zügig hebt er jeden der Aktenberge hoch, um zu überprüfen, ob sich unter ihm ein Brief befindet. Nachdem er nicht fündig wird, nimmt er jede einzelne Akte in die Hand und legt sie zur Seite. Beim zweiten Stapel entdeckt er unter der dritten Akte den gesuchten Brief.

„Hier! Ich habe ihn!", ruft Rick aufgeregt. *Rick Silver* steht in großen Buchstaben auf dem Umschlag. Ricks Herzschlag beschleunigt sich. Schweißperlen bilden sich auf seiner Stirn.

„Verdammt!", flucht er laut. Anschließend betrachtet er konzentriert den Umschlag. Die bunten Aufkleber zeigen Thymian sowie eine ihm unbekannte Pflanze. Das Tier ist eine Heuschrecke. Ungeduldig reißt Rick das Kuvert auf. Vom Layout her unterscheidet sich der Brief nicht von den vorherigen. Lediglich der letzte Satz ist neu:

Ruf deine Frau,
und stelle fest, sie ist weg. Es ist dein
persönliches Versagen und dein
privater Verlust. Die
rastlose Suche nach ihr
endet in 2,8 Tagen. Panik und
Chaos entstehen in deinem Kopf.
Hast du sie rechtzeitig gefunden, entgeht sie dem
Tod.

- Wie viele Frauen müssen noch sterben? -

„Wann wurde der Brief abgegeben?", fragt Rick entsetzt.

„Keine Ahnung! Heute Morgen vermutlich", antwortet Tim ruhig.

Rick springt auf, stürmt aus dem Zimmer und hetzt die Treppe hinunter zum Empfang.

„Wo ist Klaus?", will er von Rosi, der diensthabenden Empfangsdame, wissen.

„Der hat Feierabend. Er hatte Frühschicht!", bemerkt sie freundlich.

„Ruf ihn an. Ich muss mit ihm sprechen", bittet er seine Kollegin.

202

„Der schläft wahrscheinlich gerade. Kann das nicht bis heute Abend warten?", will sie ungläubig wissen.

„NEIN! Sorry! Aber es ist wirklich wichtig, also ruf ihn bitte an. Jetzt!", drängt Rick aufgebracht.

Rosi greift verwundert zum Telefon und wählt Klaus' Nummer.

„Hallo Klaus! Sorry, dass ich dich störe, aber Rick will dich unbedingt sprechen, er meint …", ungeduldig reißt ihr Rick den Hörer aus der Hand.

„Klaus! Wann wurde der Brief für mich abgegeben?", schreit Rick angespannt in den Apparat.

„Heute Morgen, warum?"

„Wann genau?", hakt Rick nach.

„Ich denke so um acht", hört er die unsichere Antwort.

„Um acht oder früher?", brüllt Rick wütend.

„Kurz vor acht. Ein Junge hat den Umschlag abgegeben. Er trug eine Schultasche, also muss es vor acht gewesen sein", erläutert Klaus nachdenklich.

„Danke", sagt Rick und reicht das Telefon zurück an Rosi. Er dreht auf dem Absatz um und stürmt zurück in den zweiten Stock, wo Tim bereits die Aufkleber unter die Lupe nimmt.

„Der Brief wurde um acht Uhr abgegeben. Also haben wir bis übermorgen um drei Uhr früh Zeit Noreen zu finden!", bemerkt Rick mit ängstlicher Stimme.

Nachdem sich die beiden Kollegen einige Zeit schweigend gegenübersitzen, unterbricht Tim die Stille. „Bei den Pflanzen handelt es sich dieses Mal um Thymian und Graslilie, der dritte Aufkleber zeigt eine Heuschrecke."

„Lass mich raten: Das sind typische Pflanzen, welche sich in Naturschutzgebieten ansiedeln?", äußert Rick wissend. „Warum macht der Täter sich die Mühe, solch ungewöhnliche Bilder aufzukleben?"

„Weil er will, dass wir die Frauen finden!", antwortet Tim.

Rick lehnt sich stöhnend zurück. Verzweifelt fährt er sich durchs Haar. „Es muss eine Gemeinsamkeit zwischen den Frauen geben. Irgendwie muss er auf sie aufmerksam geworden sein!"

„Weißt du, in welchen Geschäften Noreen regelmäßig verkehrt? Friseur, Nagelstudio oder Lebensmittelladen?", will Tim neugierig wissen.

Nachdenklich schüttelt Rick den Kopf. „Ich kenne sie erst seit ein paar Wochen. Als wir zusammen waren, haben wir nicht unbedingt darüber gesprochen, wo sie sich ihre Haare schneiden lässt!", wendet er sarkastisch ein. „Ich kann mir aber vorstellen, dass sie die meisten Angelegenheiten in Freising erledigt."

„Noreen hat doch eine Schwester? Kannst du nicht sie fragen?", schlägt Tim vor.

„Ich weiß ihren Nachnamen nicht. Lediglich, dass sie in Schwabing wohnt."

204

„Noreens Handy hast du doch mitgenommen, oder?", lenkt Tim seinen Kollegen in die entscheidende Richtung.

„Stimmt! Warum bin ich da nicht selbst draufgekommen?", ärgert sich Rick.

„Wozu bräuchtest du sonst noch deinen genialen Partner?", brüstet Tim sich gespielt.

Rick zieht Noreens Handy aus der Tasche und schaltet es an. Die Sicherheits-PIN verwehrt ihm den Zugang zum Adressbuch.

„Fuck!", ruft er wütend aus. „Ist Joey noch da? Er muss den Code knacken."

Tim schaut auf seine Uhr. Bedauernd schüttelt er den Kopf: „Heute erreichst du keinen mehr aus der Softwareabteilung!"

Wütend schlägt Rick mit der flachen Hand auf den Tisch. Anschließend stützt er verzweifelt den Kopf auf seine Hände. In Gedanken geht er die Gespräche mit Noreen durch. Er versucht sich krampfhaft daran zu erinnern, ob sie irgendwelche Besuche erwähnt hat, bei welchen der Täter auf sie aufmerksam geworden sein könnte. Plötzlich sieht er sie vor seinem inneren Auge aus der Apotheke schlendern, die kleine Tüte mit dem Medikament in der Hand.

„Das ist es!", schreit er aufgeregt.

Tim zuckt erschrocken zusammen. „Was ist was?"

„Die Apotheke! Noreen war in der Rosenstraße in einer Apotheke, um ein Rezept einzulösen. Was ist, wenn die anderen Frauen ebenfalls in dieser Filiale waren, um sich ihre Medikamente zu holen?", wirft Rick in den Raum.

„Dann müssten sie ein Rezept eingelöst haben! Wie sollte der Täter sonst ihren Namen und ihre Anschrift ausfindig machen?", entgegnet Tim konzentriert.

„Bekommen nicht schwangere Frauen irgendwelche Sachen verschrieben? Wir müssen sofort bei den Krankenkassen anfragen, ob die drei Opfer in dieser Filiale Rezepte eingelöst haben", bestimmt er mit Nachdruck.

„Rick! Heute erreichst du Niemanden mehr! Wir müssen das auf morgen verschieben!", zieht Tim ihn zurück auf den Boden der Tatsachen.

„Ich fahr da sofort hin!", ruft Rick aufgebracht. Er springt von seinem Stuhl auf und greift nach seiner Jacke.

„Rick! Hast du schon mal auf die Uhr gesehen? Wir können heute nichts mehr ausrichten!", hält ihn sein Tischnachbar zurück.

Erst jetzt bemerkt Rick, wie schnell die Zeit vergangen ist. Resigniert lässt er sich zurück auf seinen Stuhl fallen.

„Tim, ich kann nicht untätig rumsitzen! Ich drehe durch bei dem Gedanken, dass dieser Typ Noreen hat und ihr etwas antun wird!", jammert er unbeholfen.

„Vielleicht hat er Noreen nur entführt, weil er glaubt, dass du dich dann mehr anstrengst! Er *will*, dass wir sie finden. Außerdem waren die anderen

Opfer schwanger, denen er diese Taten angetan hat. Möglicherweise lässt er Noreen in Ruhe!", erklärt Tim ruhig.

„Das glaube ich nicht! Sie hat bereits gesehen, was er ihr antun wird … und sie hat es mir in allen Einzelheiten erzählt."

# Kapitel 42

Ängstlich beobachtet Noreen den blonden Mann, der gewissenhaft verschiedene Instrumente und Gerätschaften auf dem kleinen Servierwagen sortiert.

„Sie glauben doch nicht ernsthaft, dass Sie damit auf Dauer durchkommen werden? Rick wird herausfinden, dass Sie ihre Opfer in der Apotheke aufspüren. Früher oder später wird er Sie finden!", spuckt sie ihrem Entführer entgegen.

Langsam dreht Max sich zu ihr um. „Ich hoffe, dass er dich eher früher als zu spät findet, sonst wirst du ebenso, wie die anderen Frauen, sterben müssen", erklärt er bedacht.

„Warum? Welchen Vorteil ziehen Sie daraus, schwangere Frauen zu töten?", will sie neugierig wissen.

„Es würde zu lange dauern, dir das jetzt zu erklären. Dein erster Kunde kommt gleich. Willst du vorher vielleicht doch noch die Schüssel benutzen?", fragt er fürsorglich.

Noreen spürt bereits seit einigen Stunden einen unangenehmen Druck auf ihrer Blase. Entgegen ihrer anfänglichen Gegenwehr entscheidet sie sich jetzt doch dafür, die Bettpfanne zu benutzen. Vermutlich ist es besser, sein Angebot anzunehmen, als sich irgendwann ungewollt einzunässen. Bestätigend nickt sie.

Nachdem ihr Max den Behälter unter das Becken geschoben hat, dauert es nicht lange, bis sie ihre Muskeln soweit entspannen kann, dass die warme Flüssigkeit zwischen ihren Pobacken hindurch in die kühle Schale plätschert. Anschließend deckt ihr Peiniger sie wieder sorgfältig mit dem weißen Leinentuch zu und reicht ihr eine Flasche Wasser. Gierig saugt sie an dem Strohhalm, bis ihr das lebensrettende Getränk wieder entzogen wird.

Einige Augenblicke später hört sie Schritte. Ängstlich erwartet sie die Ankunft des Unbekannten. Als sie die schwarze Maske erblickt, tauchen schlagartig die Bilder ihrer Vision vor ihrem inneren Auge auf. Ein schauderndes Zittern durchfährt ihren Körper. Die beiden Männer sprechen kein Wort miteinander. Max schiebt das Laken ein Stück nach oben, bis knapp über ihre verwundeten Knie. Während er die straffen Gurte löst, hält der zweite Mann Noreens Beine fest. Gemeinsam ziehen sie ihr Opfer ein Stück nach unten, um ihre Füße in die seitlichen Vorrichtungen zu stellen. Mit geübten Griffen fixiert Max ihre Knöchel in den Halterungen. Entsetzt starrt sie auf den maskierten Mann zwischen ihren Beinen. Sie betrachtet seine blaue Sweatjacke und weiß augenblicklich, was er als Nächstes machen wird.

Durch die Schlitze der schwarzen Strickmütze starren zwei hellblaue Augen auf sie. Und plötzlich spürt sie seine Hände. Langsam schiebt er das Laken von ihren Beinen, über ihre Hüfte und gibt somit ihren Schambereich frei. Reflexartig bewegt sich ihr Körper, ohne etwas ausrichten zu können. Noreen hört, wie er seine Gürtelschnalle öffnet. Aus den Augenwinkeln erkennt sie, dass er seine Jeans nach unten streift. Schnell schließt sie die Augen, Panik ergreift sie.

*Bitte nicht! Mein Baby!*, jammert sie in Gedanken.

Seine Hände streicheln über ihre Hüften, nähern sich ihrer Mitte. Unkontrolliert zittern ihre Beine in den Halterungen.

Noreen hat keine Ahnung, ob ihr Vorhaben von Erfolg gekrönt sein wird, sieht aber nur diese eine Chance. Ruckartig öffnet sie die Augen und blickt ihren Peiniger böse an.

„Bevor Sie mich vergewaltigen, sollten Sie wissen, dass es für Sie lebensgefährlich sein kann, ungeschützten Verkehr mit mir zu haben! Ich bin HIV-Positiv!", wirft sie dem erregten Mann entgegen. Sofort hält er in seiner Bewegung inne. Irritiert blickt er zu Max, der fassungslos den Kopf schüttelt. „Das stimmt nicht! Dann würde sie Medikamente nehmen! Das wüsste ich!", versucht er seinen Kunden zu beruhigen.

Noreens Hoffnung steigt. „Es gibt noch andere Apotheken als Ihre! Gewöhnlich hole ich meine Medikamente in Freising!“, erklärt sie überzeugend.

„Was soll das, Max?“, fragt der Unbekannte mit tiefer Stimme. „So war das nicht vereinbart! Du hast gesunde Frauen versprochen!“

„Sie ist gesund! Sie blufft!“, entgegnet Max gereizt.

Der Maskierte ist leicht zu überzeugen, da sein sexueller Trieb ihm nicht genügend Zeit für eine vernünftige Entscheidung lässt. Lechzend blickt er auf Noreens Schambereich. Erneut umfasst er ihre Hüfte, während er sich mit seinem prallen Phallus ihrem Intimbereich nähert.

„Überlegen Sie genau, was Sie tun! Ist es das wert?“, presst ihm Noreen selbstsicher entgegen.

Ihre Blicke treffen sind. Sekundenlang starren sie sich an, bis sich der Unbekannte schließlich abwendet.

„Das riskier ich nicht, Max! Ich habe es nicht nötig, ein krankes Mädchen zu ficken! Ich kann mir die teuersten Nutten leisten …“

„Richtig! Aber trotzdem hat es einen Grund, warum du hier bist“, unterbricht ihn Max selbstbewußt. „Du willst nämlich keine willige Prostituierte, die Spaß daran hat, sondern ein Mädchen, das du quälen kannst – dem die Angst in den Augen geschrieben steht.“

Der Maskierte zieht seine Hose wieder nach oben und zündet sich eine Zigarette an. *Oh nein!* Noreen weiß, was jetzt kommt. Sie versucht erneut, mit ihrer ruhigen, beherrschten Art, den Kunden von seinem Vorhaben abzubringen.

„Sind Sie sicher, dass es eine kluge Idee ist, mich zum Bluten zu bringen?", äußert sie mit selbstsicherem Unterton.

Langsam bläst der Maskierte den Rauch aus, während seine Augen sich verengen. „Wie kommst du auf die Idee, dass ich Blut sehen will?"

In diesem Moment ist Noreen klar, dass sie zu voreilig war. Seine Haltung und die Art, wie er seine Zigarette genoss, ließen zu keinem Zeitpunkt darauf schließen, dass er sie damit quälen wollte.

„Eigentlich habe ich mir gerade überlegt, ob ich mir noch Kondome besorgen soll, aber wenn es dir lieber ist, dass ich dir Schmerzen zufüge …", brummt seine dunkle Stimme.

Noreen zieht es vor, lieber zu schweigen, bevor sie ihn erneut zu Taten ermutigt, die er gar nicht vorhat. Ein weiteres Mal zieht er kräftig an seiner Zigarette. Anschließend zieht er das weiße Laken nach unten, bis zu ihrer Hüfte. Gierig betrachtet er ihren makellosen Körper, bevor er die Glut auf ihre rechte Brust drückt.

Ein lauter Schmerzensschrei erfüllt den Raum. Noreens Körper bäumt sich auf, ihre Beine zappeln in dem Gestell. Sie riecht das verbrannte Fleisch, während ihre Gedanken an ihrer Erinnerung festhalten. *Noch einmal! Dann ist es vorbei!* Im nächsten Moment zischt es erneut, als die heiße Glut ihre andere Brust trifft. Erneut kann sie einen lauten Schrei nicht unterdrücken. Sie blickt ihrem Peiniger direkt in die Augen, um ihm zu signalisieren, dass sie seine Demütigung mit Würde erträgt. Eine Minute später weiß sie, dass dies ein Fehler war.

Genervt wirft er seine Zigarette weg, greift stattdessen zum Servierwagen, auf welchem verschiedene Gegenstände liegen. Noreen befürchtet, dass er zur Rasierklinge oder einem Messer greifen könnte. Was er jedoch dann an sich nimmt, verschlägt ihr für einen Moment den Atem.

Mit einem gewinnenden Lächeln hält er in seiner rechten Hand eine große Taschenlampe, deren langer, dicker Griff in die Höhe ragt.

# Kapitel 43

Am nächsten Morgen ist Rick der Erste im Büro. Kurz nach sieben Uhr ruft er bei den Krankenkassen der Opfer an, um ausfindig zu machen, ob diese in der Rosenapotheke ein Rezept eingelöst haben. Während er auf die schriftlichen Auskünfte wartet, ruft er seinen Kollegen in der Softwareabteilung an.

„Morgen ‚Joey! Du musst mir dringend einen Sicherheitscode in einem Handy knacken. Kann ich kurz rüberkommen?", fragt Rick freundlich.

„Klar! Das ist keine große Sache. Du hast ja sicher die Genehmigung vom Boss, ein fremdes Handy zu durchsuchen?", bemerkt er nebenbei.

„Eigentlich nicht! Aber es ist wirklich wichtig, es geht um Leben und Tod!"

„Wann geht es bei euch mal nicht um Leben und Tod? Wem gehört das Handy denn?", will Joey wissen.

„Meiner Freundin!"

„Ach! Dann ist es eher ein privater Dienst? Willst du ihr nachspionieren?", zieht Joey ihn auf.

„Nein! Sie ist entführt worden und ich habe wirklich keine Zeit, erst bei Schröder zu betteln, dass er mir eine Genehmigung erteilt. Also, kannst du es machen?", erklärt Rick mit Nachdruck.

„Sicher! Komm einfach kurz vorbei!"

Eine Stunde später hält Rick die Faxbestätigungen aller drei Sachbearbeiterinnen der Krankenkassen in Händen. Jedes der Opfer hat ein Rezept über Folsäure oder Eisenpräparate bei der genannten Apotheke eingelöst.

Das zwischenzeitliche Telefonat, welches er mit Noreens Schwester führte, hätte er sich sparen können. Sie hat ihm lediglich mitgeteilt, dass der Lebensmittelpunkt ihrer Schwester in Freising läge, was für Rick keine wirkliche Überraschung war.

Als Tim auftaucht, packt er ihn am Ärmel und zieht ihn zur Tür.

„Wir müssen sofort in die Rosenstraße. Dort hat der Täter seine Opfer ausgewählt", informiert er seinen Kollegen.

Wenig später betreten sie gemeinsam die Verkaufsräume der Apotheke. Hinter dem Tresen steht ein junger Mann, der die beiden Kunden höflich begrüßt.

„Guten Morgen, wie kann ich Ihnen helfen?"

Rick zieht seinen Dienstausweis aus der Tasche und hält ihn dem verdutzten Verkäufer vor die Nase. „Rick Silver, Kriminalpolizei! Ist es mit Ihrem System möglich, herauszufinden, welcher Verkäufer ein bestimmtes Rezept bearbeitet hat?“, fragt er freundlich.

„Ja, das ist möglich. Um welches Rezept geht es denn?“, bietet der junge Mann seine Hilfe an.

„Ich habe hier vier Namen notiert, wenn sie die bitte überprüfen könnten?“

„Natürlich! Einen Moment bitte!“ Der hilfsbereite Verkäufer tippt Noreens Namen in den Computer ein.

Rick versucht ihm behilflich zu sein: „Frau Richter hat ein Rezept für ein Migränepräparat eingelöst.“

Irritiert blickt der Apotheker auf seinen Bildschirm. „Können Sie mir das Geburtsdatum von Frau Richter nennen?“

„24. Juli 1986“, antwortet Rick.

„Ich habe hier das Rezept einer Noreen Richter mit diesem Geburtsdatum, aber sie hat keine Migränetabletten bekommen“, teilt er unsicher mit.

„Was dann?“, fragt Rick verwundert.

„Das Rezept war über ein Präparat für Folsäure ausgestellt!“, klärt ihn der Verkäufer auf.

Ricks Gehirn arbeitet auf Hochtouren. *Folsäure? Das müssen doch nur Schwangere einnehmen. Ist Noreen etwa …?*

„Demnach ist Frau Richter anscheinend schwanger!“, bestätigt der junge Mann Ricks Befürchtungen.


Während Rick die schockierende Neuigkeit verarbeitet, übernimmt Tim die weiteren Fragen.

„Wurden die vier Rezepte alle von der gleichen Person ausgegeben?“

Der freundliche Apotheker tippt die weiteren drei Namen in sein System. Anschließend wendet er sich an Tim. „Ja! Alle Rezepte wurden von Max bearbeitet“, kommt die erhoffte Antwort.

„Max? Und weiter?“, hakt Tim nach.

„Max Jäger! Er ist heute aber nicht da, hat sich wieder einmal freigenommen, wie so oft in letzter Zeit …“, plappert der Angestellte vor sich hin.

„Jäger?“, ruft Rick dazwischen, der dem aktuellen Gespräch zwischenzeitlich wieder folgen kann.

„Tim! Heißt nicht einer der Ehemänner Jäger? Carsten Jäger?“, wendet er sich an seinen Kollegen.

Der junge Verkäufer zeigt ein erstauntes Lächeln. „Kennen Sie ihn etwa? Mit vollem Namen heißt er Carsten Maximilian Jäger, aber wir nennen ihn alle nur Max.“

Im nächsten Augenblick stürmt Rick zur Tür, Tim folgt ihm, jedoch nicht, ohne sich vorher bei dem hilfsbereiten Mann hinter der Theke bedankt zu haben.

# Kapitel 44

Durstig saugt Noreen an dem Strohhalm. Die letzte Nacht war ein Albtraum! Eigentlich sollte sie froh sein, dass sie nicht das ganze Ausmaß der Misshandlungen in ihren Visionen vorhergesehen hat. Ihre Angst wäre ins Unermessliche gestiegen, hätte sie nur ansatzweise geahnt, was dieser Perverse alles mit ihr anstellen wird.

„Genug!", sagt Max und zieht ihr das Getränk von den Lippen. Fürsorglich schiebt er ihr ein kleines Stück Powerriegel in den Mund, um ihr die lästigen Magenkrämpfe zu ersparen, die tagelanges Hungern unweigerlich mit sich bringen. „Musst du auf die Toilette?", fragt er, während er die flache Schale aus dem Wagen hervorzieht.

„Nein!", antwortet Noreen barsch. Sie weiß, dass heute Nacht der nächste Freier vor ihr stehen wird. Und sie ahnt bereits, was er mit ihr vorhat.

„Ist dir kalt?", will Max besorgt wissen, nachdem er Noreens kalte Hände und Füße berührt hat.

„Ja, ein wenig", gibt sie ungern zu. Max holt aus einer Ecke des Raums eine dicke, braune Wolldecke. Behutsam breitet er sie über ihrem geschundenen Körper aus.

„Warum hast du gestern behauptet, zu wärst HIV-Positiv?", will er neugierig wissen.

„Warum holen Sie fremde Männer, die mich vergewaltigen wollen?", kommt prompt ihre Gegenfrage.

„Weil ich es genieße zuzusehen!"

„Dann gehen sie in den Swinger Club, da können Sie andere Leute ganz legal beim Sex beobachten", blafft sie ihn an.

Lächelnd blickt er auf sie hinab. „Du musst leiden, bevor du stirbst! Und ich schaue eben gerne dabei zu, wie sich dein Körper unter den Schmerzen windet, während dein Gesicht sich krampfhaft verzieht."

Noreen überlegt einen Moment, ob sie ihre nächste Frage stellen soll. Sie läuft Gefahr, ihn so sehr zu verärgern, dass er selbst Hand an ihr anlegt.

„Warum machen Sie es dann nicht selbst? Kriegen Sie keinen hoch?", fordert sie ihn heraus.

Im nächsten Moment fliegt ihr Kopf zur Seite. Die flache Hand des überlegenen Mannes trifft klatschend auf ihr Gesicht.

„Halt dein Maul! Heute Nacht wirst du keine Lügen erzählen, die den Kunden verschrecken! Dafür werde ich sorgen!", presst er ihr wütend entgegen.

Entsetzt erinnert Noreen sich daran, dass in ihrer Vision Mund und Augen der Frau auf dem Tisch zugeklebt waren. Erneut keimt in ihr der beunruhigende Verdacht, dass sie erst durch ihre unbedachte Äußerung seine Handlung beeinflusst hat.

Ängstlich blickt sie auf die feine Nadel, die durch ihre Vene stößt. Im nächsten Augenblick schläft sie ein.

# Kapitel 45

Die beiden Kommissare halten vor dem Mehrfamilienhaus in Sendling, in welchem Herr Carsten Maximilian Jäger wohnt. Nachdem auf ihr Klingeln keine Reaktion erfolgt, versuchen sie es bei einem der Nachbarn. Kurz darauf wird ihnen der Einlass ins Treppenhaus gewährt.

Drei Stockwerke höher stehen die beiden vor der ihnen bekannten Wohnung. Energisch klopft Rick an die Tür.

„Herr Jäger? Machen Sie bitte auf, Polizei!", ruft er laut. Keine Reaktion!

„Geh ein Stück zurück", fordert Rick seinen Kollegen auf.

„Willst du die Tür etwa eintreten?", fragt Tim entsetzt.

„Hast du eine bessere Idee? Willst du erst den Schlüsseldienst anrufen?", antwortet Rick sarkastisch.

„Vielleicht sollten wir uns erst einen Durchsuchungsbeschluss besorgen? Schröder flippt aus, wenn wir ohne Genehmigung in die Wohnung eindringen", bemerkt Tim pflichtbewusst.

„Das ist mir scheißegal! Außerdem liegt hier Gefahr in Verzug vor! Geh mir aus dem Weg!“, sagt er erneut mit Nachdruck.

„So ein Quatsch! Gefahr in Verzug ist, wenn …“, setzt Tim berichtigend an. In diesem Moment fliegt die Wohnungstür mit einem lauten Krachen auf.

„Zu spät!“, antwortet Rick bedauernd und betritt zügig die Wohnung. Sie ist leer. Wie bereits bei ihrem ersten Besuch fällt den beiden Beamten auf, dass der Mieter äußerst ordentlich und penibel zu sein scheint. Keine unnötigen Accessoires liegen herum, kaum persönliche Gegenstände deuten auf den Bewohner hin und nicht ein Körnchen Staub befindet sich auf den Regalen.

„Der muss eine gute Putzfrau haben“, bemerkt Tim anerkennend.

„Das glaub ich eher nicht! Solche Typen lassen keine Fremden in ihr Reich“, entgegnet Rick wissend.

„Aber uns hat er das letzte Mal auch empfangen! Wenn er etwas zu verbergen hätte, würde man das doch merken“, meint Tim.

Rick durchsucht die Wohnung. Er betritt das Schlafzimmer, die Küche und das Bad. Vor dem dritten Zimmer bleibt er stehen. Die Tür ist verschlossen.

„Warum verschließt ein alleinstehender Mann die Tür, wenn er aus dem Haus geht?“, stellt Rick die entscheidende Frage. Im nächsten Moment tritt er sie mit dem Fuß ein. Erstaunt bleiben beide im

222

Türrahmen stehen, blicken gebannt auf die Wand vor ihnen.

„Er ist es!", kommt als einzige Reaktion von Rick. Anschließend untersucht er die Fotos sowie den Rest der Wohnung nach irgendwelchen Hinweisen für Noreens derzeitigen Aufenthaltsort.

„Verdammt! Es muss irgendetwas geben, was uns weiterbringt!", schimpft er vor sich hin.

„Rick! Ich habe da was", sagt Tim, während er mit einem Laptop auf dem Arm aus dem Schlafzimmer kommt.

Gemeinsam setzen sie sich auf das Sofa, um den Inhalt des Notebooks zu untersuchen. Es überrascht die beiden nicht wirklich, dass der Zugriff durch ein Passwort geschützt ist.

„Dann muss eben wieder Joey ran!", sagt Rick, klappt den Bildschirm zu und klemmt sich das Gerät unter den Arm.

Zügig verlassen sie das Wohnhaus und gehen zu ihrem Auto.

Auf der anderen Straßenseite hält ein weißer Lieferwagen. Max erkennt gerade noch Rick, der mit einem Laptop unter dem Arm in seinen Wagen steigt.

*Jetzt kann es nicht mehr lange dauern, bis sie Noreen finden! Endlich komme ich meinem Ziel einen Schritt näher!*

# Kapitel 46

Quälend langsam zieht sich die Zeit hin, bis Joey das Passwort des Computers endlich geknackt hat.

Jetzt sitzen Rick und Tim vor dem blau erleuchteten Bildschirm, während sie warten, bis das E-Mailprogramm sich öffnet.

„Verdammt! Was ist das für eine lahme Kiste?", ruft Rick genervt. „Na endlich!", bemerkt er einen Moment später, als die Liste des Posteingangs erscheint.

Konzentriert überfliegen beide die Absender sowie die Betreffzeilen. Schließlich öffnet Rick eine Nachricht, welche mit der Überschrift *Handelsware* gekennzeichnet ist.

Schnell überfliegt er den Text, dabei verzieht er angewidert sein Gesicht.

„Oh mein Gott! Das sind echt perverse Typen, mit denen Jäger sich da abgibt. Er bietet die Frauen tatsächlich für Geld an, damit irgendwelche kranken Schweine sich an ihnen austoben können!", bestätigt er fassungslos. „Wir müssen herausfinden, wo der Treffpunkt der Männer ist, vielleicht haben wir Glück und können sie abpassen."

„Glaubst du wirklich, dass Jäger das heute noch riskiert, wenn er merkt, dass wir ihm auf den Fersen sind? Die aufgebrochene Tür lässt sich nicht übersehen, und auch, dass wir seinen Laptop mitgenommen haben, beruhigt ihn sicherlich nicht besonders", bemerkt Tim.

„Du vergisst, dass er will, dass wir Noreen finden! Wenn das für Carsten Jäger ein Spiel ist, dann zielt er darauf ab, dass es irgendwann ein Ende hat. Er wird sich mit dem Freier treffen und er wird Noreen weiter quälen, bis wir ihn stoppen!"

Konzentriert klickt Rick die nächsten Nachrichten an und überfliegt ihren Text, bis er endlich findet, wonach er gesucht hat.

„Hier!", ruft er aufgeregt. „Am Hauptbahnhof, heute, acht Uhr, dritte Säule vom Vordereingang", liest er laut vor.

„Und wenn er den Treffpunkt mittlerweile geändert hat?", fragt Tim unschlüssig.

„Wir haben nur diese Information – und an die werden wir uns halten. Am besten machen wir uns sofort auf den Weg und halten Ausschau nach verdächtigen Personen", bestimmt Rick.

Fünfzehn Minuten später treffen sie am Hauptbahnhof ein. Sie schlendern durch die Abfahrtshalle der Züge, während sie unauffällig die wartenden Personen beobachten.

„Ich glaube nicht, dass Jäger hier noch mal erscheint", gibt Tim zu. „Er will doch nicht hier von uns verhaftet werden! Er möchte, dass wir sein Rätsel lösen und dann die Frauen finden!"

„Vermutlich hast du Recht, aber ich kann die einzige Chance, die wir momentan haben, nicht untätig verstreichen lassen."

Den gesamten Nachmittag sowie den Abend verbringen Rick und Tim im Bahnhofsgebäude. Dabei achten sie darauf, ihre Aufenthaltsorte regelmäßig zu wechseln, jedoch stets den angegebenen Treffpunkt im Auge zu behalten.

Um halb acht scheint es so, als würde sich ihre Ausdauer bezahlt machen. Vom ersten Stock aus beobachten sie einen älteren Herrn, der an der genannten Säule lehnt. Er trägt einen dünnen Trenchcoat sowie einen Hut, in seiner rechten Hand hält er einen dünnen Aktenkoffer.

„Obwohl dieser Mann verdächtig aussieht, würde ich ihm solche Gräueltaten nicht zutrauen", meint Tim unsicher.

„Eben! Genau das sind die Schlimmsten! Los, wir gehen hinunter, damit wir schneller einschreiten können, falls Jäger auftaucht". Zügig laufen sie die Treppe vom oberen Stockwerk, wo sich diverse Fast-Food-Restaurants befinden, hinunter in die Halle. An einem Kiosk greifen sie sich eine Zeitschrift, um unauffällig darin zu blättern. Der Beobachtete verhält sich auffällig. Er ist unruhig, schaut ständig auf seine Uhr und blickt sich nervös um. Ricks Adrenalinspiegel steigt. Konzentriert hält er über die gesamte Halle hinweg Ausschau nach Jäger. Schließlich blickt der Hutträger auf seine Uhr und wendet sich im nächsten Moment ab, um Richtung Ausgang zu gehen.

Rick stürmt los. Kurz bevor der Unbekannte die Straße betritt, hält der Kommissar ihn auf.

„Halt! Warten Sie bitte!", sagt er freundlich, während er seinen Dienstausweis hervorholt. „Kriminalpolizei! Wir haben ein paar Fragen an Sie!", ergänzt er mit Nachdruck.

An dem entsetzten Blick, den sein Gegenüber ihm zuwirft, erkennt Rick sofort, dass dieser ein schlechtes Gewissen hat.

„Was machen Sie hier?", will er streng wissen.

„Ich warte auf einen Bekannten! Wir haben uns verabredet, aber offensichtlich hat er es nicht rechtzeitig geschafft", gibt der Befragte ehrlich zu.

„Und wie heißt Ihr Bekannter?", will Tim jetzt wissen.

„Das … was geht Sie das an? Muss ich Ihnen das sagen?", weicht er unruhig aus.

„Wenn Sie es uns nicht sagen wollen, dann nehmen wir Sie mit aufs Revier", antwortet Tim lächelnd.

„Ich habe nichts getan! Sie können mich nicht verhaften!", entgegnet er ängstlich.

„Noch nicht! Aber wir haben eindeutige Hinweise darauf, dass Sie im Begriff waren, eine Straftat zu begehen“, erklärt Rick kühl.

„WAS? Das ist doch im kleinen Rahmen noch keine Straftat!“, verteidigt sich der ältere Mann.

Rick ist sich sicher, den Freier aus der E-Mail geschnappt zu haben und bringt ihn gemeinsam mit Tim auf die Dienststelle.


„Herr Sommer, jetzt sagen Sie uns endlich die Wahrheit! Wen wollten Sie treffen? Und warum?“, versucht Tim den Verdächtigen auszuquetschen.

Rick ist bewusst, dass der Mann ihnen nicht weiterhelfen kann. Selbst wenn er zugibt, sich mit Carsten Jäger verabredet zu haben, wird er Noreens Aufenthaltsort nicht kennen.

Wütend über diese Erkenntnis schlägt er mit der flachen Hand auf den Tisch vor dem Verdächtigen. Dieser zuckt sichtbar zusammen.

„Herr Sommer! Wir wissen, dass Sie auf jemanden gewartet haben! Und wir wissen auch auf wen! Sie kommen hier nur ungeschoren wieder raus, wenn Sie uns helfen!“, schreit Rick ihn ungeduldig an.

„Aber … ich habe doch nichts getan. Ich wollte nur …“, stammelt Sommer los.

„Ein bisschen Spaß haben? Sie bekommen eine Anzeige wegen geplanter Vergewaltigung sowie Beihilfe zum Mord, wenn Sie uns nicht endlich erzählen, was Sie wissen!“

„Mord? Vergewaltigung?", ruft Sommer entsetzt aus. „Hier liegt ein Missverständnis vor, ich …"

„Glauben Sie etwa, die Frauen würden sich mit Einverständnis quälen und missbrauchen lassen?", schreit Rick fassungslos. „Hat Jäger Ihnen erzählt, wo er die Frauen gefangen hält?", ergänzt er seinen Wutausbruch mit einer ruhigen Frage.

Völlig verwirrt starrt Sommer den Kommissar an. „Ich weiß nichts von irgendwelchen Frauen! Ich wollte meinen Dealer treffen, o.k.? Er verkauft mir gelegentlich ein paar Gramm Haschisch, manchmal auch Ecstasy, wenn ich was stärkeres brauche. Und ich kann Ihnen versichern, dass die Frauen, mit denen ich schlafe, nicht von mir vergewaltigt werden. Sie machen es freiwillig, weil ich sie großzügig dafür bezahle!" erklärt er aufgebracht.

Fassungslos blicken Rick und Tim den alten Mann an. Wie konnten sie sich nur so in den Gedanken verrennen, dass er der gesuchte Freier war? Jetzt standen sie wieder ganz am Anfang!

# Kapitel 47

Müde starrt Noreen in die Dunkelheit vor sich. Der Blonde ist vor wenigen Minuten verschwunden, nachdem er sorgfältig die Petroleumlampe gelöscht und ihre Fesseln erneut überprüft hat. Zuvor hat er ihr die kühle Schüssel unter das Becken geschoben, damit sie ihre Blase entleeren kann. Mit ungebrochener Willenskraft hielt sie dem, mittlerweile fast unerträglichen Druck, stand. Sie ahnt, dass in wenigen Minuten der nächste Freier vor ihr steht. Und ihre Erinnerung hält ihr lebhaft vor Augen, was dieser mit ihr anstellen wird. Nachdem ihr Entführer bereits angekündigt hat, dass er ihr keine Möglichkeit mehr geben wird, ihren Peiniger erneut mit ihren Worten zu verunsichern, ist in ihr eine neue Idee herangereift, wie sie den grausamen Taten des Unbekannten entgehen kann. *Hoffentlich klappt es!*

Plötzlich hört sie Schritte. Augenblicklich ist sie hellwach. An den leisen Stimmen erkennt sie, dass es sich um zwei Männer handelt.

Max betritt den dunklen Verschlag, um die Laterne zu entfachen. Anschließend folgt ihm der zweite Mann. Sofort fällt ihr das rot-karierte Hemd ins Auge, anschließend die braune Strickmaske mit den bekannten Schlitzen.

Bedauernd beugt Max sich über sie. „Tut mir leid! Aber ich will nicht, dass du den Kunden erneut mit deinen Schreckensgeschichten verunsicherst", flüstert er entschuldigend. Im nächsten Moment presst er einen langen Streifen Klebeband auf ihren Mund. Nach einem erneuten Zischen der Kleberolle, spürt sie einen Druck auf ihren Augen, der ihr jegliche Sicht nimmt.

Langsam wird die Wolldecke ein Stück nach oben geschoben.

„Halt sie fest!", hört sie Max' Stimme. Anschließend löst sich der Lederriemen um ihre Knie. Zwei kräftige Arme ziehen ihren Körper nach unten, bis ihre Füße in den seitlichen Halterungen stehen, um dort erneut fixiert zu werden.

Angsteinflößend schieben sich die Bilder ihrer Vision vor ihr inneres Auge. Unkontrolliert beginnt sie am ganzen Körper zu zittern. Plötzlich spürt sie seine Hände auf ihren Oberschenkeln. Langsam streicht er über ihre Hüfte, um schließlich mit einem kräftigen Ruck die Decke von ihrem nackten Oberkörper zu ziehen.

Max beobachtet mit Genugtuung, einige Schritte abseits, die Handlungen des Maskierten. Beinahe hätte er den Kunden verloren. Nachdem Max zusehen musste, wie die beiden Kommissare, mit seinem Laptop unter dem Arm, seine Wohnung verlassen hatten, war ihm bewusst, dass er nicht mehr viel Zeit hatte, bis sie seine Festplatte durchsuchen und den E-Mail-Verkehr entschlüsseln würden. Entschlossen fuhr er in ein Internetcafe, meldete sich dort mit seiner zweiten E-Mail-Adresse an und teilte dem heutigen Freier mit, dass sich der Treffpunkt kurzfristig geändert hätte.

Sein Bauchgefühl verrät ihm, dass die Misshandlungen, welche er in wenigen Augenblicken beobachten wird, für lange Zeit die letzten sein werden, die er in dieser Weise genießen darf. Voller Vorfreude verfolgt er, wie sein Kunde sich zu dem kleinen Servierwagen wendet und nach einer Rasierklinge greift.

Unsagbar laut hört Noreen das Blut in Ihren Ohren rauschen. Um sie herum ist es vollkommen still. *Bin ich etwa in einer Vision gefangen?*, fragt sie sich im Stillen. Im nächsten Moment erhält sie die Antwort. Ein stechender Schmerz, von ihren Brüsten ausgehend, wandert langsam über ihre Haut. Ihr Körper bäumt sich auf, ihre Beine zappeln in den Halterungen. Während ihr Schrei durch das Klebeband erstickt wird, zieht sich das Brennen unaufhaltsam bis zu ihrem Bauchnabel fort. *Ich weiß, was jetzt kommt!* Angewidert dreht sie den Kopf zur Seite, versucht ihre hektische Atmung zu kontrollieren. Plötzlich spürt sie seine warme Zunge zwischen ihren Brüsten. Genüsslich leckt er über die schmale Wunde nach unten. Ihre Panik steigt ins Unermessliche. Sie muss warten – muss sich zurückhalten. *Noch nicht!* Voller Grauen konzentriert sie sich auf seine Berührungen, will den richtigen Moment auf keinen Fall verpassen! Seine Lippen wandern nach unten, über ihren Bauch, bis hin zu ihrer intimsten Stelle. Ein genüssliches Stöhnen entfährt seinem Mund. Als er mit seiner Zunge in ihren Schambereich eintaucht, ist es endlich soweit! Noreen gibt schlagartig dem Druck ihrer Blase nach. Ein kräftiger, warmer Strahl trifft den Mann mitten ins Gesicht. Die Flüssigkeit ergießt sich über seinen Hals bis zu seinem Hemd, von dem sie unverzüglich aufgesaugt wird.

„Hey!", schreit er entsetzt aus. „Was soll das? Du Miststück!"

Noreens erleichtertes Grinsen kann er nicht sehen.

„Was ist das für ein Scheiß? Wie soll ich das meiner Frau erklären?", faucht der Besucher.

Mit einem Satz stürmt Max auf Noreen zu und reißt ihr grob das Klebeband von den Augen. Wütend starrt er sie an, während aus ihren schönen Augen nur der Schalk spricht.

„An deiner Stelle würde ich das kleine Miststück jetzt richtig bestrafen!", schlägt Max seinem Kunden vor, während sein Blick wütend auf Noreen gerichtet bleibt. Dabei stellt er mit Genugtuung fest, dass ihr überhebliches Lächeln der puren Angst weicht.

Noreens Blick schießt von Max zu dem Maskierten. Sie liest in seinen Augen die pure Wut. *Shit! Die Aktion ging wohl nach hinten los!* Sie hat sich erhofft, dass er durch die unfreiwillige Dusche sein Vorhaben beenden würde. Unbedacht muss sie jetzt feststellen, dass sich seine gesamte Wut nun gegen sie richtet, was sie im nächsten Moment am eigenen Leib erfahren wird.

Max ist wütend und zugleich fasziniert über Noreens Schlagfertigkeit. Sie schafft es tatsächlich, die Freier von ihren ursprünglichen Plänen abzubringen. Allerdings zieht dies meist ein noch grausameres Vergehen an ihrem Körper nach sich. Während der Kunde brutal in Noreen eindringt, betrachtet Max ihre Augen. Mit schmerzverzerrtem Blick starrt sie an die Decke. *Leide! Leide, wie es Anna getan hat!*

# Kapitel 48

Die Nacht war für Rick nur kurz. Während er sich in seinem Bett von einer Seite auf die andere quälte, fand er doch keinen erholsamen Schlaf. Noreens Visionen nahmen in seinem Kopf beunruhigende Bilder an, die ihn die ganze Nacht nicht zur Ruhe kommen ließen.

Schließlich kriecht er aus seinem Bett und fährt ins Büro. An seinem Computer lässt er erneut verschiedene Programme zur Erkennung von Akronymen durchlaufen, findet jedoch, außer ein paar zusammenhanglosen Wörtern, keine richtigen Hinweise auf Noreens möglichen Aufenthaltsort.

Währenddessen liegt seine vermisste Freundin gepeinigt und erschöpft auf dem harten Tisch. Die braune Wolldecke liegt schützend über ihrem geschundenen Körper. Der brutale Kunde hat vor wenigen Minuten den Raum verlassen.

„Du machst es dir unnötig schwer, Noreen!", bemerkt Max bedauernd.

„Das sieht aus meinem Blickwinkel etwas anders aus", antwortet sie gekränkt.

„Heute Nacht hast du es überstanden. So oder so!“, stellt er ihr in Aussicht.

„Bringen Sie mich um?“

„Wenn dein Freund dich nicht findet … ja!“, gibt er zu.

„Warum?“

„Weil dann die Frist abläuft.“

„Warum entführen Sie Frauen, quälen und misshandeln sie, um sie schlussendlich zu töten?“

„Ich quäle die Frauen nicht selbst! Das könnte ich nie!“, antwortet er nachdenklich.

„Sie belügen sich doch! Glauben Sie wirklich, nur weil sie nicht selbst Hand anlegen, machen Sie sich nicht schuldig?“, will sie fassungslos wissen.

Verächtlich schnaubt er. „Wer ist schon unschuldig? Sobald man geboren wurde, beginnt man sich Schuld aufzuladen. Davon wird kein Mensch verschont!“

„Bringen Sie die Frauen selbst um, oder übernimmt das auch einer Ihrer Handlanger?“, faucht sie ihm entgegen.

„Das muss ich leider selbst machen … auch wenn es mir widerstrebt, ein ungeborenes Leben zu vernichten. Die Männer lassen mir keine andere Wahl! Sie müssen endlich begreifen, dass ihre Frauen und ihr Kind es wert sind, dass sie ihre eigenen Interessen zurückstecken.“

„Wie sollen die Männer ihren Ehefrauen helfen, wenn sie nicht wissen, wo sie versteckt gehalten

236

werden? Sie machen es sich zu einfach, die Verantwortung für Ihre Gräueltaten anderen in die Schuhe zu schieben!", faucht sie ihn fassungslos an.

„Die Hinweise sind eindeutig! Was kann ich dafür, wenn sie nicht erkannt werden?"

„Wenn sie wirklich so eindeutig wären, dann hätte Rick sie bereits erkannt!", schreit sie ihm entgegen.

„Vielleicht bist du ihm nicht wichtig genug? Er muss nur seine Augen öffnen, dann sieht er des Rätsels Lösung!", erklärt er ruhig.

„Haben Sie eine Frau?", lenkt Noreen das Gespräch in eine andere Richtung.

„Ich hatte eine Frau! Die beste Frau, die sich ein Mann wünschen kann. Aber ich war nicht da, als sie mich gebraucht hat. Ich habe sie im Stich gelassen. Jetzt ist sie tot", erzählt Max leise.

„Was ist passiert?", will Noreen ehrlich wissen.

Die nächste Stunde erzählt Max seine Geschichte. Er berichtet auch von den Einzelheiten der Tat, welche er im Gerichtssaal durch die Aussage des Täters erfahren hat. Schlussendlich endet er mit dem Satz: „Ich kann meine Schuld nur wiedergutmachen, wenn ich eine andere Frau vor dem gleichen Schicksal bewahre."

„Schicksal? Wenn Sie mich nicht entführt hätten, dann wäre das nicht mein Schicksal! Was erzählen Sie da von Wiedergutmachung?", brüllt sie ihn wütend an. Noreen war von Anfang an klar, dass Max ein Problem hatte. Es ist krankhaft, wenn man es genießt, perverse Misshandlungen zu beobachten! Aber dass er *so* krank war, hätte sie niemals geahnt! Das kurze Mitgefühl, welches sie während seiner Erzählung hatte, verschwindet schlagartig.

Max greift zu der gefüllten Spritze.

„Nein, bitte nicht! Ich bin auch ruhig! Ich werde nicht schreien! Aber bitte nicht wieder dieses Betäubungsmittel!", fleht Noreen. Obwohl es eine Wohltat für ihren Körper sowie ihren Geist wäre, einfach nur traumlos zu schlafen und die Schmerzen nicht zu spüren, hat sie Angst, die Entscheidungsfreiheit über ihre letzten Stunden aus der Hand zu geben.

Ihre Bitte übergehend, injiziert Max die Flüssigkeit. Kapitulierend driftet sie in die gefühllose Schwärze ab.

# Kapitel 49

Niedergeschlagen sitzt Rick an seinem Schreibtisch. „Heute Nacht läuft die Frist aus, und ich zweifle keinen Moment daran, dass er Noreen wirklich umbringt", spricht er leise seine Befürchtungen aus.

„Wir haben Posten vor seiner Wohnung sowie vor der Apotheke. Mit etwas Glück schnappen wir ihn!", versucht Tim seinen Kollegen zu ermutigen.

„Glück? Ich überlasse Noreens Leben doch nicht dem Glück! Jäger hat uns einen Hinweis hinterlassen, warum finden wir den nicht?", rätselt er fassungslos. „Ich muss hier raus! Ich kann nicht untätig rumsitzen, während die Zeit unaufhaltsam verrinnt!"

„Wo willst du hin? Warte, ich komme mit!", ruft Tim dem aufspringenden Kollegen zu.

„Nein! Ich will allein sein! Ich fahre in der Gegend rum, vielleicht habe ich ja *Glück* und laufe Jäger über den Weg", wirft Rick ihm sarkastisch entgegen.

***

Nachdenklich streift Max durch den englischen Garten, bis er sich auf einer Bank niederlässt. *Warum brauchen die Kommissare so lange, um das Rätsel zu lösen?* Er hat es einfach und offensichtlich in dem kurzen Text versteckt. Er will endlich Vergebung empfangen, um die anschließende Erlösung von seinen Qualen zu erhalten. Seit Anna tot ist, lebt er nur noch für die Hoffnung, seine Schuld wiedergutzumachen. Sein Wunsch zu sterben beherrscht ihn nunmehr seit drei Jahren. Allerdings ist Selbstmord keine Option für ihn. Sein Tod muss durch eine dritte Hand erfolgen.

Ein Jahr nach Annas Tod hat es ihn in einschlägige Etablissements verschlagen. Er provozierte junge Männer, denen man bereits von weitem ansah, dass sie Schlägereien gegenüber nicht abgeneigt waren. In dieser Zeit musste er viele Schmerzen ertragen, bis hin zu einem Tritt in seine Weichteile, der schließlich seine Impotenz zur Folge hatte. Obwohl er zu dieser Zeit häufiger Gast im Krankenhaus als in seiner eigenen Wohnung war, schwankten seine Gefühle zwischen der Genugtuung, dass er für seine Schuld bezahle und der Erkenntnis, dass dieser Weg nicht der Richtige sein kann, um seiner Erlösung näher zu kommen.

Bedrückt steht er auf und geht zu seinem Wagen. Als er einsteigt, erkennt er ein paar Meter weiter Rick Silver, der von der Straße aus in den Park geht. *Warum sucht er nicht nach Noreen?* Augenblicklich sinkt seine Hoffnung. Wenn Rick Silver es nicht schafft, dann schafft es keiner!

# Kapitel 50

Als Noreen wieder zu sich kommt, ist sie alleine. Das Licht brennt, was ihr die Gelegenheit gibt, sich ungestört in dem Raum umzusehen. Ihre Beine und Hände sind nach wie vor gefesselt, ihr Oberkörper jedoch nicht. Vorsichtig richtet sie sich auf, bis sie aufrecht sitzt. Schlagartig wird es schwarz vor ihren Augen, weshalb sie sich langsam wieder zurücklegt. Einen Moment später versucht sie es erneut. Dieses Mal bleibt ihr Kreislauf stabil. Sie rüttelt an ihren Armfesseln, muss aber feststellen, dass diese unter dem Tisch mit einer dicken Kette verbunden sind. Es gelingt ihr, die Decke ein Stück zur Seite zu ziehen, um auf ihre gefesselten Beine zu schauen. Ein dicker Lederriemen umgibt sie in Höhe der Knie. Vergeblich versucht sie, den Gurt mit ihren Händen zu erreichen. *Vielleicht kann ich die Schnalle mit dem Mund öffnen?*, überlegt sie hoffnungsvoll. Sie beugt sich nach vorne und bereut sehr schnell, dass sie nicht regelmäßig Sport treibt, um ihre Gelenkigkeit zu trainieren. Mit wippenden Bewegungen versucht sie, der Metallschnalle näher zu kommen. Dabei ignoriert sie die Schmerzen in ihrem Bauch sowie das unangenehme Ziehen in ihren Kniekehlen. Obwohl ihr die beunruhigenden Gedanken durch den Kopf schießen, dass, wenn sie ihre Beine befreit hat, trotzdem noch nicht das Problem der Handschellen gelöst ist, arbeitet sie weiter eifrig daran, ihrem Ziel näher zu kommen.

Nach mehreren Minuten schafft sie es endlich, unter größter Anstrengung, den Verschluss mit ihrem Mund zu erreichen. Hektisch nestelt sie mit Zunge und Zähnen daran, um den Gurt aus der Schnalle zu ziehen. Dabei rutscht sie immer wieder ab, muss mehrfach Schwung holen, um das Leder erneut mit ihren Zähnen zu greifen. Plötzlich schafft sie es! Der Gurt rutscht aus der Halterung. Jetzt muss sie nur noch den kleinen Metallzapfen aus der Öse ziehen, dann ist sie frei. Mit aller Kraft beißt sie in den Lederstreifen, um an ihm zu ziehen. In diesem Moment hört sie Schritte.

Panisch zieht sie an dem Gurt, bis sie auf einmal spürt, wie der Stift rausrutscht. Mit zappelnden Bewegungen befreit sie ihre Beine. Bevor Max in ihre Sichtweite kommt, wirft sie schnell die Decke über und legt sich zurück auf den Tisch.

Mit traurigem Gesichtsausdruck schaut er zu Noreen hinunter. „Ich glaube, ich habe zu viel Hoffnung in deinen Freund gesetzt. Er läuft trauernd durch den Park, anstatt sich um deine Befreiung zu kümmern", bemerkt er bedauernd.

Nur flüchtig nimmt Noreen seine Worte wahr. In ihrem Kopf kreisen ausschließlich Gedanken um ihre Flucht. Sie beobachtet ihren Entführer genau, versucht zu erraten, ob er den Schlüssel für die Handschellen in seiner Hosentasche aufbewahrt. Als Max sich einen Moment später leicht über sie beugt, um die Decke von ihren Beinen zu entfernen, nutzt sie die Gelegenheit.

Abrupt hebt sie ihr rechtes Bein und schlägt dem Blonden mit voller Wucht gegen den Brustkorb. Dieser taumelt rückwärts und fällt krachend auf den Servierwagen. Noreen setzt sich auf und rutscht seitlich vom Tisch, um den nächsten Schlag vorzubereiten. Ruckartig wird sie von der Kette an ihrem Handgelenk zurückgerissen. Mit einem leisen Schmerzensschrei fällt sie zurück. Augenblicklich ist Max über ihr. Er umfasst ihren Hals mit beiden Händen, legt sein Gewicht auf sie und drückt zu.

„Das war ein Fehler! Das hättest du nicht tun sollen!", presst er zornig durch seine Lippen. Er würgt sie, bis zur beinahen Bewusstlosigkeit. Urplötzlich lässt er los, dreht sich um und befestigt den Lederriemen sorgfältig um ihre Beine. Während Noreen bellend hustet und gierig nach Luft schnappt, zieht Max den Gurt so fest an, dass Noreen das Gefühl hat, ihr würde die Blutzufuhr abgeschnitten.

Anschließend dreht er sich zum Beistellwagen. Er greift nach der Spritze, um sie erneut mit der klaren

Flüssigkeit aufzuziehen. Entsetzt beobachtet Noreen seine Handlung.

„Bitte nicht wieder die Betäubung. Ich werde keinen Fluchtversuch mehr unternehmen, ich verspreche es!", jammert sie verzweifelt.

„Es ist besser für dich, wenn du deine letzten Stunden verschläfst. Ich wecke dich wieder, wenn die Zeit abgelaufen ist."

„Warum diese Zeitspanne? Was hat es mit ihr auf sich? Sie können mich doch auch gleich umbringen?!", fragt sie verständnislos.

„Nein! Es ist noch zu früh! Der Zeitplan muss eingehalten werden", flüstert er, während er konzentriert die Armvene durchstößt.

„Das verstehe ich nicht …", wispert Noreen, bevor sich ihre Worte verlieren.

# Kapitel 51

Durch sanfte Schläge auf ihre Wangen wird Noreen geweckt. Nur mühsam gelingt es ihr, die schweren Augenlider zu heben. Sie erblickt Max, der sie mit einem bedauernden Blick betrachtet.

„Es ist soweit! Wie ich bereits vermutet habe, hat dein Lover es nicht geschafft, dich zu finden. Eigentlich dachte ich, dass ein durchschnittlich intelligenter Mann das Rätsel innerhalb von zwei Tagen lösen kann, aber da habe ich mich wohl getäuscht. Das nächste Mal muss ich wohl noch deutlicher werden“, plappert er vor sich hin.

„Das nächste Mal?“, bringt sie mühsam hervor.

„Ja, leider! Ich kann nicht aufhören, bevor ich endlich von meiner Schuld befreit und erlöst werde. Ich wünsche mir nichts sehnlicher, als zu Anna gehen zu können“, gibt Max wehmütig zu.

„Dann stellen Sie sich doch!“, schlägt Noreen ängstlich vor.

„Um den Rest meines Lebens im Gefängnis zu verbringen? Das ist nicht das Leben, das ich mir vorstelle!“, entgegnet er entsetzt.

„Welches Leben haben Sie sich denn vorgestellt? Als grausamer Mörder durch die Gegend zu laufen, immer auf der Flucht vor der Polizei?"

Kopfschüttelnd betrachtet er sie. „Du verstehst es nicht! Keiner versteht mich! Warum ich das tue, warum ich nicht aufhören kann und warum ich stets nach 2,8 Tagen die Frauen töten muss!", schreit er seinen Unmut raus.

„Dann erklären Sie es mir! Warum gerade 2,8 Tage?", will Noreen wissen und hofft, durch das Gespräch etwas Zeit zu gewinnen. Sie gibt bis zuletzt die Hoffnung nicht auf, dass Rick sie findet.

„Du kennst die Geschichte meiner Frau. Du weißt, dass sie auf grausame Weise ermordet wurde. Ich habe Anna genau 2,8 Tage vor ihrem Tod das letzte Mal gesehen!", erzählt er traurig. „Ich verließ um vier Uhr morgens das Haus, sprach noch kurz mit ihr, küsste sie zärtlich zum Abschied. Genau zwei Tage und neunzehn Stunden später war sie tot. Wäre ich früher zurückgekommen - hätte ich das Flugzeug genommen, anstatt die Zeit im Stau zu vergeuden - dann würde sie noch leben!"

Noreen fallen keine tröstenden Worte ein. Sie hat längst begriffen, dass der Mann vor ihr eine psychische Störung hat, welche durch den Verlust seiner Frau ausgelöst wurde. Sie versucht es mit einer drastischen Wende.

„Warum quälen Sie dann andere Frauen, wenn Sie doch selbst die Schuld an Annas Tod tragen?

Eigentlich sind Sie derjenige, der die Schmerzen und den Tod verdient!", wirft sie ihm mutig entgegen. Angespannt erwartet sie seine Reaktion.

Ungläubig starrt er sie an. Völlig unerwartet zieht er sein T-Shirt nach oben, um seine vernarbte Haut zu entblößen. Dabei entweicht seinem Mund ein hysterisches Lachen. „Glaubst du etwa, das habe ich nicht versucht? Die körperlichen Schmerzen vergingen irgendwann, aber die seelischen blieben! Von fremder Hand zu sterben ist nicht so einfach, wie man immer glaubt", erklärt er betrübt.

„Dann begehen Sie Selbstmord, dann sind sie doch auch bei Anna!", rät Noreen ihm leise.

„Kennst du dich mit der Bibel aus?"

„Ein wenig", antwortet sie unsicher.

„Wenn ich mir selbst das Leben nehme, komme ich in die Hölle. Anna wartet aber definitiv im himmlischen Jenseits auf mich!", erläutert er überzeugt.

„Dann geben Sie mir das Messer! Ich erlöse Sie!", schlägt sie hoffnungsvoll vor.

Einen kurzen Moment scheint Max diese Option zu überdenken, schüttelt dann jedoch schnell den Kopf. „Du kannst mir die Schuld nicht vergeben! Bevor ich sterbe, brauche ich die Absolution. Was wäre da geeigneter, als einer Frau das Leben zu retten?", erwidert er bestimmt.

„Hören Sie sich eigentlich selbst zu? Sie wollen mir das Leben retten? Indem sie mich vorher entführen und zwei perverse Vergewaltiger auf mich hetzen? Von wem wollen Sie die Absolution erhalten?", schreit sie aufgebracht. Sie kann ihre Wut nicht mehr zügeln. Wie krank ist der Gedanke, eine Frau zu entführen, sie zu quälen und töten zu wollen, nur um dem Ehemann zu ermöglichen, sie rechtzeitig zu finden und zu retten?

Ein leises Klappern reißt sie aus ihren Gedanken. Max greift zum Messer.

„Es ist soweit, Noreen", flüstert er bedauernd. Langsam schiebt er die Decke von ihrem Oberkörper, bis knapp oberhalb ihrer Scham. Ein Schauer überzieht ihre geschundene Haut. Mit beiden Händen umfasst er den Griff des langen Messers und setzt es über ihrem Unterleib an.

„Tun Sie das nicht! Es bringt Sie Anna keinen Schritt näher!", versucht Noreen ihn davon abzubringen.

„Dieses Mal nicht! Aber irgendwann wird es soweit sein!", antwortet er traurig.

Panisch beobachtet Noreen, wie er die Klinge langsam nach oben hebt, um Schwung zu holen.

Sie schließt die Augen und erwartet jeden Moment den tödlichen Stoß.

„Halt! Polizei! Lassen Sie sofort das Messer fallen!", ertönt wie aus dem Nichts eine laute Stimme.

Noreen reißt die Augen auf, sieht Max, der erstaunt über sie hinwegsieht. Seine anfängliche Überraschung wandelt sich schnell in ein befriedigtes Lächeln um. Die Klinge hält er jedoch weiterhin über ihrem Körper.

„Sie haben es ja doch geschafft! Nur leider etwas zu spät!", ruft Max den Beamten entgegen.

Rick hält seine Dienstwaffe in beiden Händen, zielt direkt auf Max' Kopf. Tim steht einen Meter neben ihm, wobei seine Waffe ebenfalls Max anvisiert.

„Herr Jäger, es ist vorbei! Legen Sie das Messer weg!", ruft Rick ihm nervös entgegen.

„Sie können sich gar nicht vorstellen, wie sehr ich mich freue, dass sie mein kleines Rätsel lösen konnten. Ich dachte schon, Sie hätten aufgegeben, nachdem ich Sie bei einem gemütlichen Spaziergang im Park beobachtet habe", äußert Max freundlich.

Ricks Gedanken überschlagen sich. *Er hat mich gesehen?*

# Kapitel 52



EINIGE STUNDEN ZUVOR

Rick ist verzweifelt, entmutigt und krankhaft besorgt um Noreen. Er nutzt die Zeit auf einer Parkbank, um den Kopf frei zu bekommen. All die bedrückenden Gedanken, die Vorahnung sowie die wenigen Fakten, die er hat, versucht er wegzuwischen, um mit einer frischen Festplatte erneut an die Sache heran zu gehen.

Spät abends kehrt er ins Büro zurück. Tim sitzt entmutigt an seinem Schreibtisch und blickt aus dem Fenster.

„Geh nach Hause, Tim! Ich werde den Brief nochmals Wort für Wort auseinandernehmen. Wir müssen etwas übersehen haben!", befiehlt er seinem jüngeren Kollegen.

„Auf keinen Fall! Ich lass dich jetzt nicht alleine hier sitzen. Die letzten Stunden unterstütze ich dich, wo ich kann!", entgegnet Tim hilfsbereit.

Rick dankt ihm mit einem kurzen Lächeln. Anschließend setzt er sich an seinen Tisch und öffnet den Brief, den er in den letzten drei Tagen bereits unzählige Male betrachtet hat.

„Es kann nicht so kompliziert sein wie wir denken. Vermutlich ist es ein ganz einfacher Code. Überleg mal, Tim. Dieser Jäger hat die Briefe an die Ehemänner geschickt, damit diese ihre Frauen finden. Wer von denen hat wohl ein Programm, welches nach Akronymen sucht? Der Schlüssel liegt direkt vor unseren Augen, wir sind nur zu blind, um ihn zu erkennen!", erklärt er seine Vermutung.

Verzweifelt fährt er sich durch seine Haare, dabei fällt sein Blick auf ein Poster an der Wand gegenüber. Es zeigt verschiedene Wildtiere vor einem rot-braunen Hintergrund. Mit großen Lettern wirbt eine Umweltorganisation für die Erhaltung der Wildtiere in Afrika. In der Mitte des Plakats ist der Name der Stiftung zu lesen:

**W** orld

**W** ildlife

**F** und.

In diesem Moment trifft es Rick wie ein Blitz. Hektisch tippt er die Worte des Entführers in seinen Computer, dabei übernimmt er die Zeilenumbrüche genau wie vorgegeben. Als er fertig ist, springt ihn die Lösung regelrecht an.

„Tim! Ich hab's! Schau dir das an!", ruft er seinem Tischnachbarn zu. Tim springt auf, um auf Ricks Bildschirm zu blicken. Mittlerweile hat Rick die betreffenden Buchstaben fett markiert:

**R**uf deine Frau,
und stelle fest, sie ist weg. Es ist dein
persönliches Versagen und dein
privater Verlust. Die
rastlose Suche nach ihr
endet in 2,8 Tagen. Panik und
Chaos entstehen in deinem Kopf.
**H**ast du sie rechtzeitig gefunden, entgeht sie dem
Tod.

„Rupprecht?", ruft Tim verständnislos aus. „Meint er den Knecht Rupprecht, oder was?"

„Wohl eher nicht! Aber in Verbindung mit den Aufklebern, die allesamt auf ein Naturschutzgebiet hinweisen, glaube ich, dass er die Rupprecht-Kaserne meint", erläutert Rick seine Erkenntnis.

„Die Kaserne? Die wurde doch aufgelöst", bemerkt Tim nachdenklich.

Plötzlich kommt Rick ein neuer Gedanke. Ungeduldig greift er nach seinem Notizbuch und blättert konzentriert durch die Seiten. Als er den gesuchten Eintrag findet, knallt er das Buch freudestrahlend auf den Tisch. „Hier! Schau dir das an! Das hat Noreen an der Wand des Raumes gelesen, wo sie festgehalten wird", fordert er Tim auf.

„Ja, und?", will dieser unsicher wissen, nachdem er die zusammenhanglosen Buchstaben betrachtet hat.

„Virginia! Es ist das Virginia-Depot auf dem Grundstück der ehemaligen Rupprecht-Kaserne! Es steht nur noch ein Gebäude, die anderen wurden bereits abgerissen. Außerdem soll auf dem gesamten Areal ein Naturschutzgebiet entstehen. Es passt alles zusammen – dort muss sie sein!", berichtet Rick aufgeregt.

„Na, dann nichts wie los! Wir haben nur noch eine Stunde Zeit!", sagt Tim, während er von seinem Stuhl aufspringt.

# Kapitel 53

„Legen Sie die Waffe weg!", fordert Rick den Entführer erneut streng auf.

„Falls nicht - erschießen Sie mich dann?", kommt die umgehende Frage.

„Tim! Ruf einen Krankenwagen! Wir haben hier gleich einen angeschossenen Täter, der nicht aufgeben wollte", weist er den Jüngeren an, ohne seinen Blick von Max abzuwenden.

Tim zieht sein Handy hervor, um den Auftrag auszuführen.

„Ich warne Sie das letzte Mal! Werfen Sie das Messer weg, sonst schieße ich!", schreit Rick wütend.

„Das kann ich nicht! Sie sind zu spät!", antwortet Max gleichgültig.

Ängstlich beobachtet Noreen die Situation. Ihr ist bewusst, dass Max es darauf anlegt, von Rick erschossen zu werden!

„Ich bin nicht zu spät! Die Frist läuft erst in zwanzig Minuten aus. Ich habe Noreen rechtzeitig gefunden, also geben Sie endlich auf!", brüllt Rick mittlerweile wütend.

Max schaut zu Noreen. In diesem Augenblick erkennt sie, was er vorhat. Langsam schüttelt sie den Kopf. „Tun sie das nicht!", flüstert sie entsetzt.

„Tut mir leid!", flüstert er ihr zu, bevor die glänzende Klinge auf sie hinab saust.

„NEIN!", schreit Rick und drückt im gleichen Augenblick ab.

Das Messer dringt in Noreens Unterleib, während im selben Moment die Kugel in Max' Schulter einschlägt. Durch die Wucht des Aufpralls wird er zurückgeworfen, taumelt und stürzt schließlich auf den Boden. Tim stürmt auf ihn zu, um weitere Angriffe des Täters zu verhindern.

Ungläubig starrt Noreen an die Decke. *Er hat es wirklich getan!*

„Noreen!", schreit Rick verzweifelt. Mit wenigen Schritten steht er neben ihr, blickt auf das Messer, welches bis zum Anschlag in ihrem Bauch steckt.

„Es tut mir leid! Sorry, dass ich dich erst so spät gefunden habe", jammert er bedauernd.

Spontan greift Noreen nach dem Schaft der Waffe, will sie aus ihrem Körper ziehen.

„Nicht! Du verblutest, wenn du die Klinge entfernst!", stoppt Rick sie behutsam.

„So schnell verblutet man nicht", antwortet Noreen schmerzvoll.

„Wenn man schwanger ist, schon!", widerspricht Rick, während er Noreens Hände langsam von der Waffe zieht.

Erstaunt schaut Noreen ihm in die Augen und bereut in diesem Moment, dass er es nicht durch sie erfahren hat. Bevor sie ihm ihr Bedauern offenbaren kann, wird sie von einem krampfhaften Schmerz unterhalb der Wunde überrascht.

„Aahh!", presst sie gequält aus.

Ängstlich betrachtet Rick Noreens Körper. In seiner Erinnerung sieht er Sarah, die stark blutend in seinen Armen lag, bevor sie wegen seiner Unachtsamkeit starb.

„Ich lasse dich nicht sterben!", flüstert er liebevoll in Noreens Haare.

„Das habe ich auch nicht vor!", entgegnet sie schmerzverzerrt.

Einen Augenblick später erscheinen die Sanitäter, welche sich sofort um Noreen kümmern, nachdem Tim ihnen versichert hat, dass der angeschossene Täter nur leicht verwundet sei.

Nachdem die schwerverletzte Frau auf die Trage gehoben wurde, wendet sich Rick an Max. Wütend zieht er ihn auf die Beine. „Dafür bekommen Sie lebenslänglich!", faucht er ihn gereizt an.

„Warum haben Sie mich nicht getötet?", will Max verzweifelt wissen.

„Das wäre zu einfach gewesen! Sie verdienen nicht den Tod, Sie verdienen die Hölle auf Erden!“, antwortet Rick wütend, bevor er Noreen zum Krankenwagen folgt.

# EPILOG

Nach einer vierstündigen Notoperation erwacht Noreen im städtischen Klinikum rechts der Isar aus ihrer Narkose. Schwerfällig öffnet sie ihre Augen. Ihr Blick fällt auf Rick, der schlafend auf einem der Besucherstühle sitzt. Liebevoll betrachtet sie ihn eine Zeit lang, bis ihr schließlich vor Erschöpfung die Augenlider zufallen und sie in einen erholsamen Schlaf abtaucht.

Als sie das nächste Mal erwacht, steht Rick am Fenster, während er das geschäftige Treiben der Passanten auf der Straße beobachtet.

„Rick", bringt Noreen krächzend hervor. Schlagartig dreht sich Rick um und setzt sich zu ihr aufs Bett.

„Hey! Wie geht's dir?", will er besorgt wissen.

„Ging schon mal besser", antwortet sie leise, während ihr Blick zu den Geräten neben ihrem Bett wandert. Ein leises, gleichmäßiges Piepsen gibt ihren Herzrhythmus wieder.

„Hast du Schmerzen?", fragt Rick liebevoll.

„Ein wenig, aber es geht schon. Danke, dass du mich gerettet hast."

„Das war purer Egoismus. Momentan erscheint es mir unvorstellbar, ohne dich zu leben", gibt er ehrlich zu.

„Momentan?", fragt sie neckend.

„Du weißt noch nicht, wie lange ein *momentan* bei mir ist", gibt er zu bedenken.

„Hast du bereits mit dem Arzt gesprochen? Ist das … ich meine … habe ich das …", stammelt sie unbeholfen.

„Du hast das Kind verloren! Wir haben das Kind verloren!", berichtigt er schnell.

„Es tut mir leid, dass ich dir nicht früher davon erzählt habe, aber … immer wenn ich es dir sagen wollte, kam etwas dazwischen und schließlich …", bricht sie entmutigt im Satz ab.

„Der Arzt meint, du hast Glück gehabt, dass die Gebärmutter nicht komplett getroffen wurde. Das Messer hat sie nur angeritzt und anschließend den Darm durchtrennt", berichtet Rick erleichtert.

„Glück gehabt? Wenn mein Darm durchtrennt wurde?", ruft sie erschrocken aus, bereut allerdings im nächsten Moment ihr Aufbäumen, weil sich die frische Narbe mit starken Schmerzen bemerkbar macht.

„Sie mussten ein Stück des Darms entfernen, damit kannst du aber normal weiterleben", beruhigt Rick sie.

„Und meine Gebärmutter?", fragt sie vorsichtig.

„Der Arzt meint, er kann nicht voraussagen, ob du erneut schwanger werden kannst. Die Chancen stehen nicht schlecht, wenn du deinem Körper genügend Zeit gibst, dass alles gut verheilen kann", gibt er die Auskunft des Fachmannes wieder.

„Ohne dich hätte ich das nicht überlebt", sagt sie leise, während sie ihm fest in die Augen schaut.

„Ohne mich wärst du überhaupt nicht in die Lage gekommen!", erwidert er und beugt sich behutsam zu ihr hinunter. Zärtlich küsst er ihre trockenen Lippen.

„Trotzdem würde ich dich gerne weiterhin treffen", raunt sie ihm lächelnd zu.

„Wenn dich nicht einmal ein Mordanschlag abschrecken kann – was kann uns dann noch trennen?", antwortet er, bevor er sie erneut, dieses Mal jedoch leidenschaftlich, küsst.


Carsten Maximilian Jäger wird zu lebenslanger Haftstrafe mit anschließender Sicherheitsverwahrung verurteilt. Bereits in der Untersuchungshaft muss er sich gegen die wütenden Mitgefangenen wehren, die einem Täter, der unschuldige Frauen quälte und ermordete, keine Sympathie entgegenbringen. In seiner Zelle in der JVA Stadelheim gerät Max an einen Mitinsassen, der es versteht, die Wehrlosigkeit seines Zimmergenossen auszunutzen. Er bietet Max an, ihn vor den Übergriffen der Mitgefangenen zu beschützen, sofern er ihm allabendlich für seine perversen Neigungen zur Verfügung steht. Nach einem halben Jahr Haft schafft es Max endlich, einen der brutalsten Häftlinge in seinem Block dermaßen zu provozieren, dass dieser ihm während des Hofgangs eine selbstgebastelte Waffe zwischen die Rippen stößt. Max erliegt zwei Tage später auf der Krankenstation seinen Verletzungen.

Rick und Noreen beginnen nach der Entlassung aus dem Krankenhaus eine feste Beziehung, aus der zwei Jahre später eine unverhoffte Schwangerschaft hervorgeht.

Noch Jahre später, als die kleine Lucy bereits zur Schule geht, erinnern Noreens Narben sie an die Grausamkeiten, die manche Menschen anderen antun. Lediglich die Erkenntnis, dass in den meisten Fällen auch das Gute siegt, lässt sie hoffnungsvoll in die Zukunft blicken.


ENDE

# DANKSAGUNG

Wie üblich, fallen meine Danksagungen sehr kurz aus.

Zu allererst möchte mich aber wieder bei meinen Lesern bedanken, die sich für meine Geschichten interessieren und sich die Zeit nehmen, diese zu lesen.

Ich danke meiner Familie, die mir während der Zeit des Schreibens die Ruhe und Abgeschiedenheit gönnt, die ich benötige, um in die Welt der Fiktion abtauchen zu können.

Und zu guter Letzt möchte ich meinen beiden Lektorinnen, Birsen Sager und Lisa Cygan danken, die meinen Text mit hilfreichen Korrekturen überarbeiteten.